개인적 기억

문학에서 발견하는
무한한 좌표들,
은행나무 시리즈 n°

개인적 기억

윤이형 소설

은행나무

차례

개인적 기억　007

작가의 말　145

장례식을 치르고 사흘째 되던 아침, 나는 침대 끝에 걸터앉아 최 셰프에게 전화를 걸었다. 원래대로라면 다음날부터 출근할 작정이었다. 그러나 눈을 뜨자마자 하루로는 안 되겠다는 생각이 머리를 스쳤다. 며칠만 더 쉬어도 되겠느냐고 묻자 그는 흔쾌히 그러라고 대답했다.

　이참에 푹 쉬고, 몸이랑 마음 잘 추스르시고, 월요일에 나와요 형. 마음 같아선 한 달쯤 휴가를 드리고 싶은데 그러지 못해서 죄송해요.

퓨전요리점 '정원'은 제법 장사가 잘되는 편이었다. 목이 그다지 좋지 않았는데도 초기부터 입소문이 난 덕분에 멀리서 찾아온 손님들이 줄을 서서 테이블이 비기를 기다렸다. 평일 낮에도 젊은 커플들이 많았고 오픈 석 달째부터 주말은 예약제로 돌려 운영해야 했다. 계절이 바뀌었고 다음주부터 새 메뉴 서너 가지를 내놔야 했기 때문에 식당은 어느 때보다 정신없이 돌아가고 있던 참이었다. 하필이면 그런 때 자리를 비우게 되어 미안했지만 아무래도 몸에 힘이 들어가지 않았다. 바쁜데 와줘서 고마웠다고 내가 말하자 그는 어머님이 생전에 인복이 많으셨던 모양이에요, 하고 덧붙였다.

인복이 많은 건 나라는 생각이 들었다. 명식이, 경혜 씨, 송 아주머니께도 고맙다고 전해달라고 말하고 전화를 끊고 나서, 역시 그래야겠다는 생각이 들어 그들 한 명 한 명에게 문자로 다시 인사를 했다. 빈소에 와준 다른 사람들에게도 생각나는 대로 문자를 넣었다.

그 일을 끝내자 피곤해졌다. 안경을 벗고 도로 눕자 침대가 꼭 맞는 관처럼 아늑하게 몸을 감쌌다. 잠깐 동안 내 몸이 매트리스를 뚫고 밑으로 한없이 꺼지며 시트가 말려들어가는 상상을 해봤지만 침대는 그대로였고, 살아 있는 내 몸의 통증만이 생생했다. 어른이 된 뒤로는 너무 오랜만에 울었기 때문에 여전히 눈이 뻐근했고, 등뼈 어딘가에 금속 막대가 들어가 있는 듯 온몸이 묵지근하니 쑤셔왔다. 두 손은 어째선지 피가 통하지 않는 것처럼 멍멍해져서 팔을 움직일 때마다 시트에 닿는 열 손가락이 민감하게 따끔거렸다.

그 나이가 된 사람들에게 다들 있는 자잘한 병이 서너 가지 있긴 했지만 어머니는 크게 아픈 적은 없었다고 했다. 심장마비라는 말을 받아들이는 데는 내게도 시간이 좀 필요했지만, 장례식이 끝나갈 때쯤에는 의외로 덤덤해질 수 있었다. 그래도 고통 없이 편하게 간 것 같아 다행이라는 말을 하면서 어머니의 남자친구 되시는 분은 붉어진 얼굴을 손수건으로 닦았다. 그분보다 아버지가 더 많이 무너져내리면 어떻게 하나. 그 반대면 또 어떻게 하나. 어리석은 걱정 같지만 나로서는 자꾸만 거기에 마음이 쓰여서, 그 생각을 하는 동안 마음을 가라앉힐 수 있었던 것 같기도 하다. 식이 다 끝나고 돌아올 때까지 아버지는 눈물을 보이지 않았고, 몸 잘

챙기라는 짧은 말로 나를 배웅했다.

　스물여섯 살 때 마지막 약물치료를 시작한 뒤로 나는 몇 번인가 이 순간을 떠올렸었다. 어머니의 죽음을 기다린 것도, 그 반대도 아니었다. 어머니를 계속 생각할 만큼 우리 사이에 왕래가 있었던 것도 아니었다. 다만 나는 이 순간이 찾아올 때쯤에는 내 마음이 폴라로이드 인화지처럼 새하얘지고, 나를 괴롭히던 그 모든 번잡함들과는 거리가 멀어져서, 어떤 선명한 그림 하나가 거기 떠오를 거라고 아이처럼 믿었던 것 같다. 그 그림이 어떤 것이 될지, 그것이 이정표가 되어 내가 어디로 향하게 될지는 너무 막막해서 상상할 수가 없었지만, 그저 그것이 수없이 많은 그림들의 연속이 아니라 한 장의 그림일 거라고 생각했다.

　한 장의 그림.

　아직 아무것도 떠오르지 않았다. 안방의 하얀 천장은 깨끗했고, 둥글넙적한 모양의 형광등 속에 날벌레 몇 마리가 죽어 있는 게 보였지만, 그뿐이었다.

　아무것도 하지 않은 채 두 시간쯤 그대로 누워 있다

가, 허리가 너무 아파서 일어나 샤워를 하고 옷을 갈아 입었다. 허기는 졌지만 아직 내 손으로 제대로 된 요리를 할 마음은 들지 않아서 냉장고에 들어 있던 즉석우동 하나를 꺼내 끓인 다음 먹었다. 우동 면발은 밍밍했고, 국물에서는 평면적이지만 안심이 되는 맛이 났다. 부엌 식탁에서 식사를 할 때면 언제나 현관문을 등지고 앉곤 했기에 내 시야에는 우선 싱크대가 들어왔고, 그 옆의 냉장고가, 그리고 그 옆에 세워진 빈 책장이 차례로 들어왔다.

가로로 세 칸, 세로로 다섯 줄, 전부 열다섯 개의 빈 정사각형 공간으로 이뤄진 그 책장은 오래전에 내가 인터넷으로 구입한 물건이었다. 십만 원 정도만 주면 어디서나 쉽게 살 수 있는 보급형이다. 본래는 미색이었으나 시간이 지나면서 누렇게 변한 몸체에는 삼나무처럼 보이게 하기 위해 나뭇결 무늬가 프린트되어 있고, 얼굴을 가까이 가져가면 여자들이 쓰는 향수처럼 인공적으로 달큰한 향기가 희미하게 풍겨나왔다. 그때까지 수도 없이 그 자리에 앉아 밥을 먹고 차를 마시면서도 아무런 느낌이 없었는데, 우동 국물을 마시며 그것을 바라보는 동안 내게는 낯선 생각 하나가 떠오르기 시작했다. 너무 맥락이 없는 생각이어서, 처음에는 영문을 알 수가 없었다.

책을 읽어야겠어. 문장의 형태로 바꾸어놓자 그것은 더욱 이상하게 여겨졌다. 책이라니, 지금 말인가? 갑자기 왜?

제법 오랫동안 책을 읽지 않았다. 읽고 싶지 않았던 게 아니라 읽는 일이 물리적으로 어려웠다. 이제부터는 조금씩 읽으셔도 될 거예요. 읽힐 거예요. 의사는 그렇게 말했지만, 어떤 책을 손에 잡아도 한 페이지를 넘기기가 힘들었다. 마지막으로 책이라는 물건을 손에 잡고 정신을 집중해본 것은 10년도 더 전의 일이었다.

글자들은 내게 너무 많은 것을 떠오르게 했다. 단것에 달라붙은 벌레들처럼 한데 뭉치거나 공연장의 흥분한 군중처럼 서로에게 뛰어들며 겹쳐지지는 않았지만, 그것들은 가만히 그 자리에 버티고 서서 위압적인 표정으로 나를 노려보았고, 가끔은 말 그대로 조금씩 흔들리기도 했다. 단어 하나하나가 나로서는 결코 의미를 이해할 수 없는 고대 유적 같았다. 그렇게 고역에 가까운 일을 계속할 만한 이유도 투지도 부족했으므로 나는 독서를 포기했다.

물론 모든 글자가 난독 증상을 일으키는 것은 아니었다. 그랬더라면 나는 간판들이 즐비한 길을 걸어다닐 수도, 마트에서 물건을 살 수도, 누군가에게 전화를 걸 수도 없었을 것이다. 영수증에 적힌 신용카드 명세 내역이나 샴푸 용기 뒷면의 성분표, 버스 노선도의 정류장 이름 같은 간단한 글귀들은 아무 문제 없이 읽을 수 있었다. 일 때문에 식당에 두고 들춰보는 요리책들 역시 별문제가 없었다. 레시피란 본래 문장보다는 기호에 가까운 것이었고, 요리 과정은 문장을 읽는 대신 사진 몇 장, 때로는 완성된 요리 사진을 보는 것만으로 쉽게 이해할 수 있었으니까. 요리사들 사이에서도 의견이 갈리겠지만 적어도 내게 요리란 뇌의 추상적인 사고 능력보다는 몸의 성실함과 관계된 일이어서, 나는 글자 없이도 그 일을 무리 없이 해낼 수 있었다. 고기와 토마토, 오이 같은 식재료를 그때그때 최적의 상태로 손질하고 무엇을 집어넣거나 뺄 것인지 결정하는 일은 손끝이, 섬세한 맛을 살려내는 일은 혀가 도맡아 했고, 몸을 부지런히 움직이고 감각을 민감하게 유지하려는 노력만 하면 혼란에 빠질 일은 없었다. 물론 가끔은 특이한 재료나 외국의 요리법, 요리 철학에 관한 책을 마음먹고 읽을 필요를 느낄 때도 있었는데, 그럴 때는 최 셰프에게 부탁했다. 그러면 그가 먼저 읽고 중요하다 싶은 부분을 발췌해 내게 읽어주었다. 뉴스가 궁금하면 TV를 켰고, 인터넷은 물건을 살 때가 아니면 거의 들여다보지 않았다.

처음에는 사람이 그렇게 살 수 있나 싶었지만, 일단 익숙해지자 그렇게 살아가도 큰 문제는 없다는 사실을 알게 됐다. 세상에 공짜는 없는 법이었다. 나는 조금씩 정상에 가까워지고 있었다. 다른 부분은 대체로 내가 원한 대로 되었다. 나는 이제 하나의 얼굴을 보면서 수없이 많은 다른 얼굴들을 떠올리지 않아도 됐고, 다른 사람들과 마찬가지로 현재라는 시간을 살아간다고 느낄 수 있었다. 오랫동안 혼자 살았지만 더 이상 혼자라는 사실이 괴롭지 않았고, 섹스 같은 지극히 현실적인 몇몇 문제를 제외하면 독신 생활이 실은 내게 썩 잘 어울리는 존재 방식이라는 생각도 했다. 마음에 드는 직업과 좋은 동료들이 있었다. 책 하나쯤 읽지 않고 산들 무슨 대수란 말인가.

그렇지만 여전히, 나는 아무것도 꽂히지 않은 빈 책장을 거실에서 치우지는 못하고 있었다. 읽고 싶다는 마음이 앞서 이것저것 사다 꽂아둔 책들을 결국 읽을 수 없다는 사실을 깨닫고, 열패감에 젖어 한 권 한 권 빼내 되팔거나 사람들에게 줘버린 뒤에도, 그것들이 빠져나간 자리가 낡고 빛이 바래 흉물스럽게 변했는데도, 정작 책장 자체에는 손을 대지 않고 놔두었다. 월세 계약이 만료되는 2년마다 빼놓지 않고 이사를 다녔으므로 버릴 기회라면 상당히 많았는데, 더 이상 필요 없고 공간만 차지하는 애물단지라고 여기면서도, 결국에는 버리지 못하고 새집으로 질질 끌고 와 세워놓았다. 언젠가는 다시 읽을 수 있게 될지도 모르니까. 그것이 내가 남겨둔 정상인으로 가는 마지막 관문이었다.

책을 읽어야겠어. 나 자신의 목소리가 다시 내게 속삭였다. 저길 다시 책들로 가득 채워. 하나씩 하나씩 꺼내 펼치고, 첫 페이지부터 읽는 거야. 천천히. 뭘 위해서? 나는 자문하며 맞서려 했지만, 그 단호하고 집요한 목소리가 내게서 싸우려는 의지를 빼앗아가는 데는 채 몇 분도 걸리지 않았다.

다 먹은 우동 그릇을 치우고 책상 앞으로 가서 앉았다. 이유는 알 수 없었지만 내가 책을 다시 읽기 시작해야 하며, 그 일이 내게 중요한 의미를 갖게 되리라는 사실을 나는 이제 분명하게 알 수 있었다. 집에는 책이 한 권도 없었으므로 우선 읽을 책을 구해오는 것부터 시작해야 했다. 그런데, 어떤 책? 그렇게 내게 물었을 때 또 하나의 생각이 떠올랐는데, 그건 워드프로세서를 열고 내 머릿속에 들어 있는 한 권의 책을, 정확히 말하면 한 편의 단편소설을, 하얀 화면에 받아 적어야 한다는 생각이었다.

그 소설의 제목은 '기억의 천재 푸네스'이고, 호르헤 루이스 보르헤스 전집 2권 《픽션들》에 수록되어 있다. 여기까지 떠올리고 나는 잠시 아찔해졌다. 왜? 하는 물음이 마지막으로, 끈덕진 저항군처럼 머릿속에 달라붙었다. 그러나 아까만큼 격렬한 질문은 아니었다. 아마도 보통 사람들이 직관이라 부를 만한 것으로 나는 알

왔다. 내가 그 소설을 한 자 한 자 모니터 위에 받아 적어야 하며, 그 일을 끝낸 뒤에야 어떤 다른 책을, 아마도 세상의 다른 모든 책들을 읽을 수 있으리라는 사실을. 반드시 성공하리라는 보장은 없지만 이것이 숨겨져 있던 진짜 관문이며, 그것을 통과한 다음에야 내가 남은 삶을 살아낼 수 있으리라는 것을.

〈기억의 천재 푸네스〉에는 말에서 떨어지는 사고를 당한 뒤 모든 것을 기억하는 능력을 갖게 된 남자가 등장한다. 오래전의 나와 마찬가지로, 그는 한 번 본 것을 결코 잊지 못한다. 가장 오래되고 사소한 기억들조차도 떨쳐내지 못한다. 다른 점이라면, 우선 푸네스 쪽이 훨씬 뛰어난 능력을 갖고 있었다는—다시 말해 훨씬 무거운 짐을 짊어지고 있었다는—점을 들어야 할 것이다. 나는 그처럼 쉽게 여러 가지 외국어를 깨칠 수 없었고, 자신만의 독특한 숫자 체계를 고안해낼 수도, 포도나무에 달린 모든 포도알의 수를 단번에 인식할 수도 없었다. 그리고 다행하게도, 그와는 달리 그 상태, 기억에 짓눌려 삶이 없어지기 직전인 상태에서 빠져나올 수 있었다. 그럴 수 있어서 행운이었다는 생각에는 여전히 변함이 없었다. 그러나 막상 그 소설 제목이 떠오르자, 내가 한 번도 읽은 적이 없는 그 이야기 전체를 기억하고 있다는 사실, 그것이 글자가 아닌 소리로 내 머릿속에 들어 있다는 사실이 몹시 기이하게 느껴졌다.

나는 키보드에 손을 얹고 새 문서 파일을 열었다. 잠깐 기다린 다음 손가락을 움직이기 시작했다. 첫 문장은 쉬웠다. 예상보다는 훨씬 쉬웠다. '나는 손에 칙칙한 빛깔의 〈시계초〉를 들고 있던 그를 기억한다.' 그다음 두 문장은 어쩐지 주저하는 것처럼 느껴졌는데, 그건 그것들이 괄호 안에 들어 있기 때문이었다. 그러나 내가 주의를 집중하자 그것들은 순순하게 기억에서 끌려나왔다. '(나는 〈기억한다〉라는 이 신성한 동사를 입에 올릴 자격이 없다. 지구상에서 단 한 사람만이 그러한 자격을 가지고 있는데 그 사람은 이미 죽었다.)'

죽었다,라는 과거 시제의 동사가 잠시 나를 주춤거리게 했다. 머릿속에서 목소리가 양파를 썰 때처럼 여러 개로 갈라졌다. 성별도 나이도 짐작할 수 없고, 나 자신의 것인지 아닌지도 모를 낯선 목소리들이 거기 있었다. 첫 번째 목소리가 단호하게 말했다. 죽은 사람은 너의 어머니다. 또 다른 목소리가 중립적인 어조로 속삭였다. 너는 죽지 않았다. 살아 있다. 마지막은 나와 많이 닮았지만 나 자신은 아닌 누군가의 다소 자신 없는 목소리였다. 그 사람도 이미 죽었을지 몰라.

머리가 아파 손을 멈췄다. 그러나 그만둘 생각은 없었다. 나는 갈라진 목소리들을 무시하려고 애썼다. 내 머릿속에 남아 있는 단 하나의 목소리로 그 문장들을 들으려고 했다. 그 책을 읽어주었을 때, 그 사람이 생각하던 '지구상에서 단 한 사람'은 나였다. 소설 속 푸네스와 내가 사실은 그렇게 많이 닮지 않았는데도, 내가 여러 번 설명해서 그 사실을 알고 있었는데도, 그 사람은 그 소설이 나의 이야기라고 생각했다. 그것이 남미 문학의 대가가 그려낸 기억의 천재도, 또 다른 누구도 아닌 나의 서사라고 여기고, 나를 위해 이런 유명한 이야기를 찾아낸 것을 기뻐하고, 자신의 목소리로 그것을 들려주고 싶어 했다.

나는 그 마음에 귀를 기울였다. 그러자 갈라졌던 목소리들이 다시 하나로 돌아오더니 그다음 문장을 읽기 시작했다. '그는 한평생 내내 저녁부터 새벽까지 그 꽃을 바라보았음에도 불구하고 마치 세상의 그 누구도 본 적이 없는 꽃을 보는 듯 그것을 바라보곤 했다.' 나는 그 문장을 받아 적었다.

저녁이 올 때까지 나는 계속 키보드를 두드렸다. 때때로 요통이 찾아와 자리에서 일어섰고, 가볍게 기지개를 켜거나 몸을 좌우로 돌려보기도 했다. 어떤 문장은 방금 들은 것처럼, 막 차가운 샘물에서 건져낸 것처럼 생생했고, 어떤 문장은 그렇지 않아서 어슴푸레한 빛과 분위기에 감싸여 있었다. 몇몇 문장은 내 손을 잡아 붙들었고, 또 몇몇은 자신들이 등장하려면 아직 한참 남았음에도 순서를 무시하고 먼저 내게로 날아왔다. 감정이 실리고, 몇 번쯤 더 목소리가 갈라졌다 합쳐졌다. 그럴 때면 나는 기다렸다. 분명히 들을 수 있을 때까지. 다른 소음들이 잠잠해지고 유일함에 대한 확신이 생길 때까지. 가장 또렷하게 되살아난 것은 다음과 같은 문장들이었다.

'나는 그를 알았던 모든 사람들이 그에 관한 책을 썼으면 싶다. 아마 그중 나의 기록이 가장 짧고, 가장 보잘것없을 것이다. 그럼에도 불구하고 그것은 당신들이 편찬하게 될 책들 가운데서 가장 공정하지 않은 책은 아닐 것이다.'

'그는 잠을 자기가 힘들었다. 잠을 잔다는 것은 세상으로부터 마음을 거두어들여버리는 것과 같다.'

'나는 내가 했던 한마디 한마디가 (내가 했던 몸짓 하나하나가) 그의 완고한 기억 속에 영원히 남아 있으리라는 생각을 했다. 나는 괜스레 쓸데없는 몸짓들을 증식시키고 있는 것은 아닌가 하는 두려움에 까마득한 현기증을 느꼈다.'

그렇게 하루가 갔다. 밥솥을 열고 밥을 지어 간단한 반찬과 함께 먹고 나서, 더 이상 모니터를 볼 수 없을 때까지 키보드를 두드렸다. 마침내 자야 한다는 생각이 들어 자리에 누웠을 때는 내가 미친 게 아닌가 하는 불안이 잠깐 찾아왔지만, 다음날 아침 눈을 뜨자마자 그 일을 계속했다. 마치 그 일 말고는 아무것도 생각할 수 없고, 할 수도 없는 사람처럼. 다음날도, 또 그다음 날도.

내가 그 책의 페이지들을 사진이나 PDF 파일처럼 머

릿속에 찍어 기억하고 있는 게 아니었기 때문에 그 작업은 생각보다 오래 걸렸다. 내가 의존하는 것은 오직 목소리였고, 내가 그것을 외울 수 있는 이유라면 그것이 나의 개인적인 삶에 속하는 기억이라는 사실 말고는 아무것도 없었다. 그리고 시간이 걸렸기 때문에, 사이사이에 의심이 끼어들었다. 텍스트 자체에 대한 의심, 그러니까 내가 정확히 뜻을 알지 못하는 이국의 단어들과 문장의 배열, 얄궂게 느껴지는 구두점들(그때 그 사람은 숨을 돌리기 위해 잠시 쉬었던가, 혹은 그대로 계속했던가? 이 구절이 부연설명이라는 사실을 알리기 위해 '괄호 열고'와 '괄호 닫고'라는 말을 앞뒤에 넣었던가? 문장 끝에서 그 사람의 목소리는 올라갔던가? 이것은 평서문이었나, 혹은 의문문이었나?)에 대한 의심이 우선 있었고, 그다음에는 나 자신에 관한 의심이 뒤따랐다. 나는 왜 이것을 외우고 있는가? 한때 나는 지금과는 정반대의 두려움, 그러니까 내가 어떤 텍스트를 '외울 수 있을까봐' 두려움을 갖고 있지 않았던가? 이것은 무슨 의미인가? 나는 다시 예전으로 돌아가고 있는 것일까? 혹은 이것은 단지 기억력이 좋았던 시절에 대한 나의 마지막 추억이고 일종의 작별 의식이어서, 내가 지금 타이핑하고 있는 이 문장들은 내 상상일 뿐 실제로 존재한 적이 없고,《픽션들》에도 전혀 들어 있지 않은 게 아닐까?

의혹으로 몇십 분을 허랑하게 소비한 끝에 전화기를 집어들었다. 처음에는 집에서 가까운 대형서점을 골랐다. 그러나 몇 통의 전화를 더 건 끝에 내가 찾는《픽션들》이 절판되어 더 이상 서점에서는 구할 수 없다는 사실을 알게 됐다. 정확히 말하면 방법이 없는 것은 아니었다. 출판사와 역자가 각각 다른 세 개의 판본이 있었고, 그중 하나는 곧바로 주문할 수 있었다. 단지 몇 분만 기다리면 전자책으로 다운로드할 수도 있었다. 그러나 그것은 옛 판본, 그 사람이 읽어준 판본이 아니었으므로 아무런 의미가 없었다. 단어들이 다르고 문장이 다를 거라는 생각이 들었다.

충분히 일어날 수 있는 일이었다. 그 사람이 읽어주었을 때도 그 책은 이미 놀랍도록 오래된 것이었다. 민음사 판본이고, 1판 1쇄는 1994년에 나왔어. 내가 갖고 있는 건, 보자, 1판 31쇄네. 먼지를 잔뜩 뒤집어쓰고 집에 굴러다니고 있더라. 모르겠어, 그냥 집에 있었어. 책장이 부스러질 것 같네. 그렇게 말하던 목소리가 희미하게 되살아났다. 그러나 그녀의 얼굴은 기억나지 않았다. 머리가 길었던가? 앞머리를 내리고 있었나? 단발이었던가? 나를 기억해. 잊어버리지 마! 농담이야. 그녀는 그렇게 말하고 웃었다.

다른 가능성이 떠올랐다. 토요일 아침 열한 시. 퇴근시간이 가까웠지만 국립중앙도서관 관외대출팀 직원은 친절하게 전화를 받았다. 나는 그녀에게 1994년에 초판이 나온 민음사의 《픽션들》이 있느냐고 물었다. 황병하 번역가가 우리말로 옮겼고, 표지에 옛날식 태블릿, 어쩌면 내가 이름을 알지 못하는 그래픽 프로그램으로 그린 듯한 커다란 검은색 X자와, 새 같기도 하고웅크린 사람 같기도 한 검은색 얼룩이 있고, 모이 같기도 하고 흩어진 모래처럼 보이기도 하는 보라색 점들이흩뿌려져 있고, 태양으로도 눈동자로도 보이는 붉은 점이 찍혀 있으며, 일부러 아무렇게나 쓴 것 같은 손글씨로 제목이 들어가 있는 그 책이 맞느냐고 물었다. 그녀는 내 상세한 묘사에 다소 겁을 집어먹은 듯했지만 이내 직업적인 침착함을 되찾고 맞다고 대답했다. 나는 안도의 한숨을 내쉬었다. 이렇게 오래된 책을 아직까지 볼 수 있다는, 인류 전반에 대한 고마움이 마음을 가득 채웠다. 택배 대출 서비스에 대한 설명을 듣고 ID 파일을 전송했다. 몇 가지 간단한 절차를 거쳐 내 현재 위치와 신용 상태, 최근의 생활 동향이 확인되자, 그녀는 책이 지금 바로 출발할 거라고 알려주었다.

나는 책의 나머지 부분을 옮겨적었다.

마침내 그 일이 끝났을 때는 일요일 오후 세 시가 조금 지나 있었다. 나는 문서 파일을 프린트했다. 물 먹은 솜처럼 몸이 무거웠다. 눈이 아팠고 관절들이 삐걱거렸다. 내게 따뜻한 피자 상자를 넘겨주고 계단을 뛰어내려간 배달원과 거의 엇갈리듯, 불투명한 비닐로 포장된 책을 든 택배 직원이 올라와 벨을 눌렀다. 나는 책을 받아들고 잠시 숨을 돌린 다음 그것을 열었다.

페이지들은 커피에 적셔놓은 것처럼 연한 갈색이었다. 작은 벌레가 기어가는 것을 발견해도 전혀 이상하지 않을 듯했다. 맨 뒤를 펼쳐보자 1판 35쇄라는 글귀가 눈에 들어왔다. 그녀가 읽어준 책과 내가 구한 책 사이에 놓인 간격이 생각보다 크지는 않았다.

〈기억의 천재 푸네스〉는 173페이지부터였다. 내 눈에 먼저 들어온 것은 주석들이었다. 전부 서른세 개의 주석이 달려 있었다. 낯설었다. 보르헤스는 곧 주석인데. 그녀는 그렇게 말했었다. 하지만 흐름이 깨지니까 일단은 빼고 읽어줄게. 너는 안 그래도 인생에 주석이 너무 많은 사람이잖아. 나중에 책을 읽을 수 있게 되면, 네가 직접 찾아 읽어봐.

나는 파란색 펜을 집어들고 프린트한 종이들을 갈무리했다. 내 머릿속에 들어 있던 〈기억의 천재 푸네스〉와, 한 번도 읽어본 적 없는 그 소설의 원본 텍스트를 천천히 대조하기 시작했다.

대조 작업은 저녁 일곱 시에 끝났다.

모든 것을 확인한 나는 길게 숨을 내쉰 다음 눈을 감고 잠시 그대로 있었다. 흡연자들은 이럴 때 담배를 피울 거라는 생각이 들었다. 나는 미친 흐름에 사로잡힌 사람이었고, 그 흐름은 며칠 전 거실에 놓인 텅 빈 가짜 삼나무 책장을 보면서 내가 책을 읽어야겠어,라고 생각했을 때부터 이미 통제할 수 없는 것이 되어 있었다.

번호들이 솟아올랐다. 열한 자리 숫자였다.

그녀가 그것을 적어준 냅킨 가장자리에 들어 있던 무늬가 눈앞에 선명하게 그려졌고, 그것을 만졌을 때의 촉감이 손끝에 되살아났다. 그렇게 오랜 시간이 지났으니 번호는 바뀌었겠지만, 문명의 이기라는 게 있으니 그녀의 현재에 닿는 일이 그렇게 어려울 것 같지는 않았다. 일요일 저녁 일곱 시는 20여 년 전의 기억으로부터 걸려온 전화를 받기에 적절한 시각일까? 식탁 위에 차려진 저녁식사가, 켜진 TV가, 떠들썩하면서도 평온한 어떤 분위기가 그려졌다. 내가 침범해서는 안 되는 완벽한 한 덩어리의 시간이 거기 있었다. 그러나 곧이어 그것과는 전혀 다른 어둡고 고즈넉한 방의 풍경이 떠올랐고, 그 속에 혼자 앉은 그녀가 하염없이 내 전화를 기다리고 있을 것 같다는 생각이 머릿속에 붙어 떨어지지 않았다. 일요일 저녁 일곱 시는 일요일 저녁 여덟 시보다는 이른 시각이었다. 그러나 일요일 저녁 여섯 시보다는 늦은 시각이기도 했다. 시곗바늘이 끝없이 전진과 후진을 반복하고, 그 틈에서 감각과는 조금 다른 무언가가 더듬거리며 몸을 불려가고 있었다.

이야기였다.

너 같은 사람은 기자가 돼야 하는데. 아니면 작가가 되거나.

그녀가 말했다. 긴 갈색 머리카락이 구불거렸고, 손톱에는 옅은 분홍색 매니큐어가 칠해져 있었다.

왜? 내가 묻자 그녀는 설명하기 귀찮다는 표정을 했다. 베고 누운 내 허벅지 위에서 이리저리 머리를 뒤채다가 대답했다.

네 말대로라면, 너는…… 한쪽에 치우치지 않고 세상을 볼 수 있는 거잖아? 있는 그대로의 세상 말이야. 나는 글이라는 건 그런 사람이 써야 한다고 생각하는데. 보통 사람들은 그렇게 할 수 없어. 특히 사람에 대해서라면, 공정한 평가를 내리기가 어려워. 감정 때문에. 감정이란 거, 기억을 왜곡하고 현실을 뒤틀어버리잖아. 있었던 일을 없던 걸로 해버리고, 없었던 일을 있었다고 우기고, 자기한테 유리한 것만 남게 만들고.

나는 잘 이해할 수가 없었다. 몇 번인가 글을 써보려고 했지만 그럴 수가 없었다. 글을 쓴다는 건 선택의 연속이었는데, 선택은 내게는 불가해한 일이었다. 나는 사람들이 종이 위에 어떻게 첫 번째 단어를, 수없이 많은 다른 단어들을 제치고 하나의 특정한 단어를 써넣을 수 있는지 알 수 없었다. 글은 말과는 달라서 흩어지지도 않고 남았다. 무언가를 써버리는 순간 그건 원래 말하려던 것과는 전혀 다른 것이 되어버리는데, 그건 정확한 일도 옳은 일도 아닌 것 같았다. 내가 그렇게 말하자, 그녀는 자신이야말로 이해할 수 없다는 표정으로 말했다.

하지만 그건 신중한 거잖아.

신중한 거랑은 달라, 나는 말했다. 머리가 지끈거렸다. 설명하기에는 너무 복잡한 문제였다. 그래도 설명해보고 싶었다. 어쩌면 그녀는 나를 이해할 수 있는 유일한 사람인지도 몰랐으니까.

네 말대로 그게 신중한 거라면, 신중하게 생각한 다음에 결국에는 쓸 수 있는 거라면 좋겠지만, 그게 아니라 그 일이 아예 불가능하다니까. 나는…… 의견이라는 걸 가질 수가 없어. 특히 나 자신이 아닌 무언가에 대해서는. 좋다, 나쁘다, 옳다, 그르다, 이런 개념은 말할 것도 없고, 이를테면 이 커피에 대해서도 제대로 말할 수가 없어.

나는 탁자 위에 있던 머그잔을 집어들었다. 'Guesthouse Small World'라는 글귀가 인쇄된 노란색 머그잔이었다. 커피 한 모금을 마시고 내가 다시 말했다.

지금 이 커피는 따뜻하지만 오 분 전에는 아주 뜨거웠어. 그리고 또 오 분이 지나면 미지근한 상태가 되고, 세 시간 후에는 차가워져. 내일이면 커피라고 할 수도 없는 무언가로 변해. 그런데 어떻게 커피가 따뜻하다고 쓸 수 있지?

그녀가 웃었다. 저러다 숨이 넘어가는 게 아닌가 싶을 정도로 웃는 그녀가 나는 조금 섭섭했다. 겨우 웃음을 멈춘 그녀는 목을 고르더니 말했다.

그러면 아주 뜨거웠던 커피에 대해서도 쓰면 되잖아. 따뜻한 커피에 대해서도, 미지근한 커피랑 도저히 커피라고 할 수도 없는 갈색 액체에 대해서도.

그러면 글이 너무 길어지잖아.

나는 농담을 한 게 아니었는데, 입에서 나온 그 말은 정말이지 바보스러운 농담처럼 들렸다. 그녀가 다시 웃었고, 나는 마음이 상해서 덧붙였다.

커피만 그런 게 아니고, 세상의 거의 모든 게 나한테는 그렇단 말이야. 모든 게. 이해를 못하겠지, 그렇지?

마치 당연히 이해해야 하는 것을 하지 못한 사람에게 하듯 내가 쏘아붙이자 그녀가 웃음을 멈췄다.

응, 못하겠어, 미안해.

……

너, 귀엽다.

내게서 시선을 돌리며 그녀가 말했다.

뭐가 귀엽다는 걸까, 나는 생각했다.

그런데, 언제부터 그렇게 된 거야?

*

그 일은 이렇게 시작되었다.

열한 살의 어느 날, 나는 학교에서 돌아와 식탁에 앉아 있었다. 식탁에는 뜨거운 죽 한 그릇이 놓여 있는데, 잘게 간 쇠고기와 양파와 당근과 호박이 들어갔고, 위에는 참기름 한 방울과 깨가 뿌려져 있다. 나는 그날 아침부터 속이 좋지 않아서 수업시간 내내 배가 아파 몇 번이나 화장실을 들락거려야 했다. 집에 왔는데도 내 속이 그다지 나아지지 않았기 때문에 엄마가(그때 어머니는 내게 아직 엄마였다) 저녁으로 밥 대신 죽을 끓였다. 나는 쇠고기야채죽을 한 숟가락 뜬 다음 후후 불어 천천히 떠먹기 시작했다. 그 죽에 특별한 구석이라고는 없었다. 엄마는 내가 아기 때부터 종종 그 죽을 끓여주었고, 나는 수도 없이 그 죽을 먹었으니까. 그런데 서너 숟가락쯤 먹었을 때 문득 무언가가 떠올랐다.

그건 의자와 일체형으로 된 조그만 아기용 식탁이었다. 거기 내가 앉아 있었다. 그 식탁에 바로 그 쇠고기야채죽이 놓여 있었다. 내 몸은 연두색 벨트로 의자에 고정되어 있고, 나는 베이지색 내복을 입고 있는데, 거기에는 웃는 양과 하품하는 사자와 눈을 감은 채 꿈꾸는 표정을 짓고 있는 기린 들이 그려져 있고, 몇 마리는 으깨진 밥알과 호박과 당근 조각으로 더럽혀져 있다. 내 오른손에는 파란색 실리콘 숟가락이 들려 있는데, 나는 그걸 그릇에 집어넣었다가 힘껏 팔을 들어올려 죽을 공중에 흩뿌렸다. 그 일이 너무 재미있어서 나는 깔

깔거리며 웃었다. 엄마가 한숨을 쉬며 내게 다가오는데, 까만 단발머리는 여기저기 볼품없이 뻗쳐 있고, 왼쪽 뺨에는 빨갛고 커다란 뾰루지 하나가 나 있으며, 악어(왼쪽에서 네 번째 이빨이 까맣게 썩어 있다)가 그려진 분홍색 후드티셔츠와 청바지를 입고 보라색 줄무늬 양말을 신었다. 이른 아침이었고, 창밖으로 보이는 하늘은 푸른빛과 오렌지빛이 뒤섞여 소리를 치고 싶을 정도로 예뻤다. 나는 당장 달려가서 하늘을 뜯어내고 싶었다. 그걸 입에 넣고 빨아먹고 싶었다. 하지만 아직 걸을 수가 없는 데다 답답한 식탁에 묶여 있었기 때문에 대신 숟가락을 던졌다. 식탁에 앉기 전에 나는 무얼 했던가? 엄마의 머리카락을 쥐어뜯고 안경다리를 부러뜨렸으며, 엄마가 기저귀를 갈자마자 거기에 쉬를 했고, 다시 새 기저귀를 찼고, 젖병에 든 분유를 마셨다. 그다음에는 무릎으로 기어 거실과 작은방을 여섯 번 왔다 갔다 했고, 바닥에 있던 보드라운 먼지 덩어리를 집어먹었다. 분유와 쌀과자 때문에 배가 불러서 다른 걸 먹고 싶지 않았고, 손으로 밥알을 꺼내 머리에 바를 수 있다는 게 너무도 좋았기 때문에, 아침 식탁에서 나는 마음껏 저지레를 쳤다. 엄마는 결국 숟가락을 빼앗아 들고 내게 죽을 떠먹이기 시작했다. 내게 소리를 지르지 않으려고 무던히 애를 썼지만, 결국 한 번은 소리를 질렀다. 하지만 내가 울음을 터뜨리자 엄마는 나를 안고 내 머리를 쓰다듬어주었다.

그날 점심은 닭고기시금치고구마죽, 저녁은 흰살생선야채죽이었다. 나는 시금치와 생선이 싫었고, 그래서 아침만큼도 먹고 싶지가 않았지만, 엄마를 화나게 하고 싶지 않았으므로 각각 반 그릇 정도씩은 먹었다. 그날 나는 안방으로 기어가 화장대 밑에 달린 서랍을 열고, 동그란 통을 꺼내 거기 들어 있던 하얗고 물컹물컹한 크림을 손에 찍어 먹었고, 맛이 이상했기 때문에 울음을 터뜨렸다. 내 입을 헹궈낸 엄마가 서랍을 닫은 뒤 넙적한 청테이프로 거길 단단히 봉했는데, 나는 그것을 도로 떼어내다가 엉덩이를 맞았다. 낮잠을 두 번 자고 일어났고, 두 번째 낮잠 끝에는 축축해진 기저귀 때문에 기분이 나빠서 울었다. 저녁때에는 싱크대에서 설거지를 하는 엄마 옆으로 가서 휴지통을 핥았다. 휴지통에서는 차갑고 깜짝 놀랄 만큼 재미있는 맛이 났다.

물론 이건 아주 거칠게 축약해 말한 것이다. 열한 살의 내 머릿속에는 더 많은 작고 구체적인 사항들, 이를테면 그날 놀이매트에 남아 있던 스티커 자국, 줄지어 놓여 있던 색색가지 블록들의 순서, 불그스름한 저녁 하늘이 검푸른 밤하늘로 바뀌어갈 때 엄마가 곁에 있는데도 혼자 남은 기분이 들면서 울고 싶어졌던 마음 같은 것들이 압축되지 않은 채 들어 있었다. 그 모든 것이 찰나라 할 만큼 짧은 순간에 매여 있으면서도 하나하나가 오직 나에게만 존재하는 의미를 엄연하고 묵직하게 품고 있다는 사실을, 열한 살의 나는 믿을 수가 없었다.

그다음 날에는 엄마가 노란색 셔츠와 폭이 넓은 갈색 스커트를 입고 있었고, 내 이유식 메뉴는 아침부터 차례로 쇠고기단호박죽, 달걀멸치죽, 닭고기야채죽이었다. 점심때부터 엄마가 자리를 비워 아빠가 대신 나를 돌봤다. 아빠는 회색 운동복을 입었고, 요전날 길에서 본 주인 없는 강아지만큼이나 피곤한 표정을 하고 있었으며, 오른쪽 손가락 끝에는 반창고가 감겨 있었다. 아빠가 나를 보며 엄마에 대해 어떤 말을 했다(나는 이때 아직 말귀를 알아듣지 못했기 때문에 정확히 무슨 말인지는 알지 못했다).

그다음 날은 치즈고구마죽, 쇠고기미역죽, 브로콜리 감자죽이 나왔다. 엄마의 안경다리는 원래대로 고쳐져 있었는데, 나는 낮잠에서 깨자마자 다시 그것을 부러뜨렸다.

이런 식의 기억들이 끝도 없이 계속되었다.

하지만 한없이 이야기를 계속할 수는 없었기 때문에 열한 살의 나는 기억을 중간에서 자르고 다시 죽을 한 숟가락 입에 넣었다. 차가웠다. 엄마는 건성으로 응, 응 하며 내 말을 듣다가 점점 내 얼굴에서 눈을 떼지 못하게 되었다. 잠깐 있어봐, 엄마는 말하고 작은방으로 가더니 노트북을 들고 나왔다. 네가 9개월 때였어. 육아일기 파일을 불러내 내가 한 이야기가 사실에 정확히 들어맞는다는 것을 확인한 엄마의 얼굴에는 뭐라 말할 수 없이 복잡한 빛이 떠올라 있었다.

처음에는 모든 게 장난처럼 보였다. 하지만 나는 부모님이 더 이상 신기하다는 표정으로 들어 넘기기 어려울 때까지 이야기를 계속했다. 그나마 입을 통해 바깥으로 나오는 것은 내 머릿속에서 일어나는 일의 부스러기의 부스러기의 부스러기에 불과했다.

엄마와 아빠가 나를 처음으로 데려간 곳은 동네에 있는 조그만 소아정신과 병원이었는데, 머리숱이 적고 납작한 안경을 쓴 그곳의 의사는 그다지 친절하지 않았다. 그는 내게 불안 증상이 있다고 단정하고 내가 왜 그런 이야기를 꾸며내는지 알아내려 했다. 하지만 선생님, 거짓말이 아니었어요. 애가 기억하는 일들은 모두 실제로 일어났어요. 내 곁에 선 엄마가 말하자 그는 무뚝뚝한 말투로 대답했다. 어머님 몰래 컴퓨터에서 육아일기를 찾아 읽은 겁니다. 그런 초능력자가 나오는 만화 같은 걸 어디서 봤든지요. 부모님의 관심을 끌려고 하는 행동이니 평소에 애정을 많이 보여주세요. 그는 항불안제를 아주 약하게 처방해주었다. 먹기 싫으면 안 먹어도 된다고 아빠는 말했지만 나는 그 약을 먹었다.

그 약과 관계가 있었는지는 알 수 없지만(아마 그렇지는 않았을 것이다), 그날 밤부터 기억은 점점 더 자주, 강렬하게 떠오르기 시작했다. 그것은 폭발과도 같았다. 도화선은 숨겨져 있고, 손수건 같은 평범하기 그지없는 물건, 부모님의 대화에 들어 있는 단어 하나, 새들의 노랫소리나 아빠가 쓰던 데오도런트 냄새 같은 것들이 거기에 불을 붙인다. 부비트랩이 터지듯 하나의 기억이 폭발해 다 타고 나면, 거기 남은 불씨와 재와 연기가 다시 다른 기억에 불을 붙인다. 가깝게는 몇 달이나 1년쯤 전의 일, 멀게는 내게 언어라는 것이 없던 까마득한 옛날의 일까지, 온갖 기억이 순서도 규칙도 없이 터져나왔다. 엄마와 간 백화점 시식코너에 서 있던 아주머니의 얼굴과 옷차림, 할아버지의 검은색 차를 타고 교외의 음식점에 식사하러 갔을 때 강물 위를 떠가던 오리들의 깃털과 그것들이 헤엄침에 따라 갈라지던 물결의 모양이 바로 눈앞에 있는 것처럼 구체적으로 떠올랐다.

실제로 일어난 일들만큼이나 강렬한 것은 애니메이션들의 기억이었는데, 내가 세 살부터 다섯 살 무렵까지 엄마의 노트북에 띄워진 유튜브 창을 통해 보았고 그 뒤에는 싫증이 나 보지 않았던 〈두다다쿵〉 〈선물공룡 디보〉 〈두리둥실 뭉게공항〉 〈꼬마버스 타요〉 같은 작품들의 모든 에피소드, 모든 장면이 내 머릿속에 있어서, 순서를 이리저리 바꿔가며 실시간으로 재생되었다. 처음에는 개구쟁이 스캣이나 공주병에 걸린 토끼 버니처럼 한때 내 분신처럼 여겼던 캐릭터들을 머릿속에서 다시 볼 수 있다는 사실이 즐겁고 신기했지만, 이내 나는 쉬고 싶어졌고, 어찌할 바를 모르게 되었다. 어느 날 학교에서 산수문제를 풀다가 지문에 '덤프트럭'이 등장했을 때는 〈타요〉의 한 에피소드인 〈최고의 중장비〉가 하루 종일 마흔여섯 번이나 되풀이되었다. 집에 돌아온 나는 멍한 얼굴로 더 이상 그것을 보고 싶지 않다고 엄마에게 말했고, 엄마는 침착해지려고 애쓰면서 전화를 걸어 전문의를 수소문하기 시작했다.

나는 주말마다, 때로는 학교를 빠져가면서 열댓 군데의 병원을 찾아가 상담을 받았다. 딱 부러진 진단을 내리는 의사는 없었다. 그들의 절반은 내 상태가 단순히 심리적 문제에서 기인한 거라고 생각했고, 또 다른 절반은 조심스럽게 자폐라는 단어를 입에 올렸다. 부모님은 전자의 설명에는 만족하지 못했고 후자의 가능성은 받아들이기 거부했다. 나는 다른 사람들과의 사회적 상호작용에도 문제가 없었고, 몇 명이긴 했지만 친구들도 있었다. 부모님은 처음에 할아버지와 할머니에게는 말하지 않았지만, 내 상태가 나아지지 않고 정확한 병명을 알 수 없는 상태로 몇 달이 흐르자 결국 사실을 알렸다. 한바탕 난리법석이 지나간 끝에, 나는 할아버지의 아는 사람의 아는 사람의 아는 사람의 아들이라는 뇌과학 전문의가 있는 병원을 찾아가게 되었다.

거기서는 내게 한두 페이지 길이의 잡지 기사 여러 꼭지를 보여준 뒤 삼십 분쯤 지나 그것을 외워보라고 했다. 처음 보는 외국어로 된 시를 보여주고 치운 다음 종이에 똑같이 써보라고도 했다. 모양과 색깔이 서로 다른 일흔두 개의 도형을 본 뒤 똑같이 재현하는 문제도 있었다. 나는 어떤 것은 해내고, 어떤 것은 해내지 못했다. 화면 속 가상의 방에 팔십 개쯤 되는 소품을 기억나는 대로 배치하는 문제는 우리 집의 물건들 위치를 떠올리고 비교하면서 기억해 풀었기 때문에 완벽하게 맞췄지만, 아무 의미 없는 기하학 도형들은 예쁘장하기는 해도 내 눈을 아프게 할 뿐이었고 기억할 수도 없었다.

나는 내 어린 시절에 관한 수백 개의 질문에 답하고 부모님과 함께 확인 작업을 거쳤다. IQ와 신경 검사, 자극에 대한 반응 검사, 서사 만들기 퀴즈, 또 다른 십여 개의 검사를 받고 마지막으로 거대한 기계에 들어가 뇌를 스캔받았다. 모든 검사가 끝나자 우리나라에서 당시 그 분야 최고 권위자라는 의사는 내게 변형된 과잉기억증후군(hyperthymesia)이라는 진단을 내렸다.

내 증상은 자폐스펙트럼의 일종인 서번트증후군(savant syndrome)과는 달라서, 나는 수나 패턴을 시각적으로 기억하는 능력이 보통 사람의 범주를 넘을 만큼 뛰어나지도 않았고, 특정한 날짜를 듣고 곧바로 그날이 무슨 요일인지 맞추지도 못했다. 음악과 미술 표현에도 특징적이라 할 만한 재능은 없다는 소견이 나왔다.

픽션에 종종 등장하는 초기억(super memory)의 소유자들은 처음 보는 텍스트를 머릿속에 사진 찍듯 기억했다가 완벽하게 되살릴 수 있는데, 내게는 오직 부분적으로만 그 능력이 있었다. 나는 부모님이나 나 자신의 어린 시절처럼 내 삶과 직접적으로 관련이 있는 일들은 완벽에 가깝게 기억했지만, 외국어 시나 경제전문지 기사처럼 나와 아무런 관련도 없어 보이는 것들은 전혀 기억하지 못했다. 영화 소개 기사의 경우에는 절반이 조금 넘게 기억해냈는데, 그건 내가 관심을 갖고 (그 영화는 전쟁 중에 사랑을 시작하게 된 남녀의 이야기였는데, 그때의 내가 아직 볼 수 없는 어른들의 영화여서 흥미로웠다) 주의 깊게 그 문장들을 기억하려고 노력했기 때문이었다.

의사가 반으로 쪼갠 호두를 닮은 내 뇌의 사진을 보여주었다. 내 뇌의 측두엽이 보통 사람들보다 약간 크다고 했다. 측두엽이라니 어쩐지 측은하게 들리는 이름이라고 나는 생각했다.

지금은 지율 학생이 아직 어려서 경험한 세계의 폭이 넓지 않습니다, 그는 조용한 어조로 말했다. 하지만 기억으로 저장되는 정보는 앞으로도 계속 늘어나기 때문에 문제가 될 수 있어요. 통제가 안 된다는 것도 문제지만, 나쁜 기억은 인생 전체를 바꿀 수도 있으니까요. 이모든 게 장기기억으로 보존될지, 그러지 않고 일정 시간 동안만 머무르다 보통 사람들의 기억처럼 희미해질지 아직은 알 수 없습니다.

엄마는 울음을 터뜨렸다. 그 말들에는 내가 정상인이

아니라는 의미가 들어 있었고, 그것이 엄마를 견딜 수 없게 했다. 엄마의 눈물을 보자 내가 그때까지 본 수없이 많은 눈물이, 유치원과 학교에서 같은 반이었던 아이들의 울음소리가, 몇 년 전 우리 집 앞에서 전화에 대고 욕설을 퍼부으며 하염없이 울고 있던 젊은 남자의 얼굴이 한꺼번에 떠오르며 겹쳐지고, 빙글빙글 돌면서 엄청난 아우성으로 변해 머릿속을 두드려대기 시작했다.

*

내가 그녀를 처음 보았을 때.

그때는 새벽 두 시였고, 투숙객들의 식사와 휴식 공간으로 쓰이는 라운지에는 그녀를 제외하면 두 명의 손님이 있을 뿐이었다. 노르웨이에서 온 야코브는 키가 작고 땅딸막한 남자로, 운동을 좋아하지 않아 뱃살이 두둑하게 붙어 있었고, 광화문의 이순신 동상 자세를 흉내내거나 당구 큐대를 치켜들고 들라크루아의 자유의 여신이라고 우기는 등의 허무한 몸개그를 좋아했다. 그는 생선과 조개 통조림을 만드는 회사의 연구원이었는데 1년간 안식년을 받아 아시아를 여행 중이라고 했다. 연구원 일은 페이도 사회적 대우도 좋은 편이었지만 그에게는 한 가지 문제가 있었는데, 그건 그가 냄새만 맡아도 구역질을 할 정도로 해물을 싫어한다는 것이었다. 왜 직업을 바꾸지 않느냐는 질문에 그는 인생은 투쟁,이라고 농담처럼 대답하곤 했다. 다른 한 명인 이언은 캘리포니아 출신의 베테랑 배낭여행자로, 전형적인 금발 미남이었다. 본래는 하루에 최소한 맥주 네 병은 마셔야 잠이 오는 알코올홀릭이자 보름에 한 명꼴로 여자친구를 갈아치우는 자칭 돈 후안의 후예였으나, 2년 전 브라질 과루자 해안에서 서핑을 하다 파도에 휩쓸려 죽을 뻔한 경험을 한 뒤로 동양의 선(禪)에 관심을 갖게 되었고, 여러 차례 일본을 여행하며 인생이 백팔십도 달라졌다고 했다. 그들 두 사람은 죽이 맞아 평소에도 잘 어울렸고, 그날 새벽에도 잠을 아예 잊었는지 라운지 중앙의 테이블에 앉아 맥주와 세븐업을 각각 마셔가며 음악 얘기며 기타리스트 얘기를 늘어놓고 있었다.

그녀는 그들 뒤쪽, 창가에 면한 테이블에 앉아 두 손으로 입을 가리고 조용하게 어깨를 들썩이고 있었다.

처음에는 뭔가 재미있는 걸 보고 혼자서 웃고 있는 줄 알았는데, 다시 보니 아무것도 보고 있지 않았고, 다시 한번 보니 웃는 게 아니라 우는 것이었다. 나는 카운터에 앉아 있었고, 그녀와 나 사이에는 몇 미터의 거리가 있었다. 겨울이었고, 난방은 됐지만 실내 기온이 그렇게 높은 편은 아니었기에 그녀는 털 달린 낙타색 무스탕—그녀는 그 겨울 내내 그 옷을 입고 다녔다—을 걸치고 있었다. 냉장고에서 맥주를 꺼내 자리로 돌아가던 야코브가 그녀를 보았고, 이내 이언도 그녀가 울고 있다는 사실을 알았지만, 그들은 목소리를 낮추지도 고개를 돌려 그녀에게 말을 걸지도 않고 하던 이야기를 계속했다. 그녀와 그들 사이에는 동양인 여자와 서양인 남자 투숙객 사이에 종종 생기는 침묵의 장(場)이 펼쳐져 있었고, 닫힌 창문 밖으로는 함박눈이 탐스럽게 쏟아져내리고 있었다.

그녀는 뭔가 아주 심각한 일을 당한 사람, 이를테면 불과 몇 시간 뒤에 출국을 해야 하는데 비행기 티켓과 여권과 지갑과 짐을 몽땅 잃어버린 사람처럼 보였다. 위로한답시고 섣불리 말을 건넸다가는 어떤 식으로든 상황이 더 나빠질 것만 같은, 그런 종류의 울음이었다. 그럼에도 카운터에 앉아 바라보는 그 풍경은 몹시 쓸쓸했고, 나는 그녀의 울음을 멈추게 하고 싶었다. 그건 그녀 때문이기도 했지만 나 때문이기도 했다.

나는 그 무렵 기억을 통제하는 훈련을 겨우 시작한 참이었다. 그건 말하자면 기억의 폭약 더미로 이어진 도화선에 불이 붙었을 때 발로 밟아 꺼버리는 훈련으로, 내가 하루 종일 아무것도 못한 채 과거의 연쇄 속에 갇혀 허우적거리지 않도록 고안된 것이었다. 나와 비슷한 사람들은 저마다 과잉된 기억을 처리하는 방법이 달랐는데, 어느 경우나 시각화가 도움이 되었다. 예기치 못한 곳에서 무언가를 보거나 듣고 수없이 많은 기억들이 쏟아져 재생되기 시작할 때, 어떤 사람은 그것들이 DVD롬이라고 생각하고, 머릿속에서 재빨리 그것들 하나하나에 케이스를 입힌다고 했다. 이를테면 아무리 세게 내던져도 금이 가지 않는 크롬 케이스 같은 것을 떠올리고, 그 케이스에는 여는 곳이 없어서 DVD를 틀 방법이 없다고 생각하는 것이다. 어떤 사람은 자기 마음을 잔잔한 수면으로 시각화하고, 그 물 위에 각각의 기억을 담은 오크통들이 떠오른다고 상상했다. 통이 많긴 하지만 열릴 위험은 절대로 없다고 자신을 설득하는 데 성공하면 기억 사이를 헤치고 보트를 타고 나아가는 데 아무런 문제가 없다고 했다.

내 경우에는 그냥 단순한 동영상 클립의 형태가 유일하게 도움이 되었다. 어린 시절부터 어머니의 노트북 화면에서 숱하게 보아온 것이라 그랬는지도 모른다. 나는 내 마음이 끝없이 아래로 스크롤할 수 있는 새하얀 웹문서라고 상상했고, 기억들은 거기에 첨부되는 동영상이라고 생각했다. 1시간 4분 32초, 8분 26초 하는 식으로 각각의 러닝타임이 표시되어 있고, 화면 중앙에 재생(▶) 버튼이 있는 동영상 말이다. 평소처럼 지내다가 갑자기 블루스크린처럼 기억이 떠오르면, 나는 재빠르게 동영상의 재생 버튼을 자물쇠 아이콘으로 바꿨다. 그러면 그것은 재생되지 않았고, 나는 나 자신을 지킬 수 있었다.

하지만 그때는 그 방법을 시도한 지 얼마 되지 않았던 때여서 일이 늘 잘되는 것은 아니었고, 몇몇 기억은 버튼조차 없이 처음부터 동시다발적으로 자동 재생되곤 했다. 우는 사람의 모습이 내게는 그렇게 통제 안 되는 기억의 방아쇠 중 하나였다. 누군가의 눈물을 보거나 울음소리를 들으면 반드시 폭발이 일어났는데, 그때까지 내가 본 모든 눈물이 한꺼번에 떠올랐고, 이어서 그 모든 사람들을 울게 한 것이 나라는(이것은 사실일 때도 그렇지 않을 때도 있었다) 생각이 떠올랐으며, 내가 그때까지 저지른 모든 실수와 오류와 악행이 거기서부터 끝없이 가지를 치며 이어지기 시작했다.

자리에서 일어나 그녀에게 다가갈 때 내 머릿속은 마치 돌아가는 믹서기 같은 상태여서, 온갖 사람들의 울음소리와 코 훌쩍이는 소리, 그들이 내뱉는 원망의 말들이 뒤섞여 꽈르릉꽈르릉 부서지고 있었고, 그 한가운데에는 울고 있는 어머니의 얼굴이 갈리지 않는 커다란 견과류 열매처럼 덜거덕거리며 돌고 있었다. 그럼에도 나는 그녀에게 울지 말라고 말하지는 못했는데, 화장이 다 지워져 부스스해지고 코가 빨개진 그녀의 얼굴에 대고 말하기엔 그 말이 너무 가볍다는 생각이 들어서였다. 무슨 일이에요? 하고 물으려다 나는 그냥, 들고 있던 냅킨 한 움큼을 그녀 앞에 내려놓았다. 그녀는 거기 그려진 게스트하우스 로고와 조그만 고양이 그림을 보고, 내 얼굴을 올려다보더니, 몇 장을 집어올려 얼굴을 닦았다.

*

내가 열한 살이던 2022년, 전 세계에는 과잉기억증후군으로 공식 인정을 받은 사람이 전부 해서 쉰한 명 있었고, 그들 대부분은 미국에 거주하고 있었다. 그건 그들을 연구하는 전문가들과 공식 진단을 내리는 기관이 미국에 있다는 사실과 관련이 있었다.

나를 담당한 의사는 진단에 분명한 믿음을 갖고 있었지만 동시에 자신의 한계를 솔직하게 인정했다. 그의 말로는 자신이 본 비슷한 사례가 수십 건 있었지만, 국내에서는 아직 전문적인 수준으로 연구가 진척되지 않아 그들 대부분을 일반적인 심리치료 쪽으로 돌릴 수밖에 없었다는 것이다.

그때까지 알려진 환자들 대부분과는 달리 내가 영아기의 일들도 비교적 또렷하게 기억하고 있었고(나는 내가 생후 3개월 때 엄마가 젖병의 고무젖꼭지를 구멍이 큰 것으로 교체했던 일을 기억했다), 정확히 초기억은 아니지만 초기억으로 발전할 수 있는 능력도 지니고 있었기 때문에 그에게는 내 존재가 각별했다. 세 번째 상담시간에, 그는 미국의 인지심리학 연구소에 메일을 써 내 사례를 알렸다고 부모님에게 말했다. 그 연구소 측에서 흥미롭게 읽었다는 짧은 답변과 함께, 본격적인 치료를 위해서는 뉴욕을 직접 방문해 심화된 검사를 받아보라는 제안을 보내왔다는 것이었다.

미디어를 통해 과잉기억증후군을 지닌 사람들의 이야기가 알려지기 시작한 뒤로 자신이 모든 것을 기억할 수 있다고 믿는 사람들의 수가 폭증했다니, 그 정도의 사무적인 태도는 어린 내가 생각하기에도 당연한 것처럼 느껴졌다. 뉴욕이라는 지명이 나오자 내 어깨에 올라가 있던 엄마의 손에 잠깐 동안 힘이 들어가는 듯했다. 그러나 그게 다였다. 그 답변 메일에는 우리가 비행기를 타고 뉴욕까지 간 다음 거기서 전문적인 검사를 받는 데 드는 비용을 자기네가 부담하겠다는 내용은 포함되어 있지 않았고, 당연하지만 그건 내가 다니던 그 병원의 몫도 아니었다.

어쩌면 쉰두 번째 환자로 공인을 받을 수 있을지도 몰라요. 물론 여건이 되신다면 말이지요. 의사는 그렇게 말했고 상담실에는 침묵이 흘렀다. 잠시 후에 엄마는 입을 열고, 그것도 좋지만 저희로서는 아무래도 얘학업 문제도 있고요, 하고 중얼거렸다. 나는 보라색 천이 씌워진 의자에 앉아 책상 위에 놓인 조그맣고 투명한 피라미드 모양의 장식품을 이리저리 돌려보면서 그말을 듣고 있었다. 그 장식품은 내가 일곱 살 때 유치원선생님의 목에 걸려 있던 목걸이를 떠오르게 했는데, 그것이 떠오르자 곧바로 그 선생님의 다양한 머리 모양이, 입고 있던 옷 색깔과 그녀가 짓고 있던 표정들이 눈앞에 앞다퉈 펼쳐지기 시작했다. 웃다가 다시 일그러지며 정신없이 바뀌던 선생님의 표정이 하나로 고정되고, 그녀가 물었다. 그런데 엄마 아빠는 무슨 일을 하시니?

그림을 그리세요, 일곱 살의 내가 대답한다. 열한 살의 나는 조금 더 구체적인 단어들을 알고 있어서, 엄마는 웹툰 작가고 아빠는 웹디자이너라는 대답을 머릿속에 만들 수 있다. 마흔일곱 살의 나는 그것이 (무명) 웹툰 작가와 (계약직) 웹디자이너라고 정정할 수도 있고,

괄호 속에 든 단어들의 무게도 알고 있지만, 열한 살의 나는 물론 거기까지는 알지 못한다. 그저 우리 집에 뉴욕에 갈 만한 돈이 없다는 것만 안다. 내색하지 않으려 하지만 내 표정은 결국 시무룩해진다. 마치 어떤 대회에 나가 상을 탔고, 전교생 앞에서 그 상을 받기를 기다리고 있었는데, 갑자기 착오가 있어 수상이 취소되었다는 말을 전해 듣는 기분이다.

그날 이후 부모님은 밤에 여러 번 대화를 나눴고, 자는 척하고 있던 나는 침대에서 빠져나와 방문에 귀를 대고 그 이야기를 듣곤 했다. 비용 얘기가 나오는데, 그래도 상담은 계속해야 한다는 게 두 분의 공통된 생각이었다. 평범한 아이로 키우고 싶어. 그래, 아무리 힘들어도 그렇게 하자. 두 분은 그렇게 입을 모았다. 그때까지 뉴욕이라는 지명 때문에 막연하게 들뜬 마음을 버리지 못하고 있던 나는, 단지 2주일에 한 번 받는 상담 비용만도 우리 집에는 엄청난 부담이라는 사실을 알고 나서, 자유의 여신상과 높다란 빌딩들에 대해 생각하는 일을 그만두었다.

*

게스트하우스 스몰 월드는 서울 북서쪽에 있었다. 지은 지 얼마 되지 않은 5층짜리 건물로 외벽은 검은색과 하늘색으로 꾸며졌고, 작은 주차장이 옆에 붙어 있었다. 바깥에서 보면 보통의 모텔과 거의 차이가 없었고, 실제로 그 자리는 예전에 모텔들이 즐비하게 늘어서 있다가 재개발된 구역이기도 해서, 종종 커플들이 잘못 알고 찾아왔다가 허탈하게 웃으면서 그냥 돌아가기도 했다. 당시 같은 동네에 있던 '135'나 '굿 프렌즈'와 비교하면 지하철역에서 좀 멀었지만, 시설과 전체 분위기 면에서는 다른 곳들보다 평가가 좋아 여행자들이 제법 많이 찾아왔다. 다른 게스트하우스 대부분이 1인실과 2인실 위주의 폐쇄적인 실내 구조를 취해 모텔이나 비즈니스 호텔을 연상시켰던 데 반해 스몰 월드의 모든 방은 도미토리 4인실이거나 6인실이었고, 로비와 라운지, 식당 같은 공동공간이 널찍해서 유럽의 유스호스텔과 비슷한 분위기를 자아냈다.

여행하는 사람들은 숙소에서 그냥 잠만 자고 싶어 하

는 게 아냐. 그러려면 뭣 하러 여행을 해? 그건 그냥 출근이지. 사람들은 자기가 한 여행을 나누고 싶어 해. 누군가한테 그날 자기가 보고 들은 걸 자랑하고 논평할 수 있는 공간이, 그런 분위기가 필요한 거라고. 오너였던 상현이 형은 그렇게 말했고, 그 철학에 따라 스몰 월드를 운영했다. 그건 제법 설득력 있는 얘기였는데, 실제로 내가 그곳에서 일하는 동안 손님들은 매일 밤 끝도 없이 이야기를 주고받았다. 처음 보는 서로에게 다가가 친구가 되었고, 음료를 서빙하거나 테이블을 정리하고 있는 내게도 말을 걸어 자신들의 이야기로 초대하고 싶어 했다. 거의 매일 낯선 사람이 말을 걸어온다는 것은 내게 새롭고도 놀라운 경험이었고, 얼마간 도전으로 여겨지기도 했다. 누군가의 이야기를 듣는다는 것은 그만큼 기억이 늘어난다는 의미였으니까.

상현이 형—나이 차이가 꽤 났지만 나는 그를 형이라고 불렀다—은 삼십대 중반까지 대기업에 다니다가 뛰쳐나와 남미와 아프리카의 오지까지 아우르는 두 차례의 세계일주를 했고, 한국으로 돌아온 다음에는 아무리 생각해도 남은 삶 내내 하고 싶은 일이 그것밖에 생각나지 않아서 친구들에게 투자를 받아 게스트하우스를 열었다고 했다. 그건 당시의 나로서는 우러러보지 않을 수 없는 대단한 삶이어서 나는 몇 번이나 부럽다고 말했지만, 그때마다 형은 웃으며 퉁을 놓았다. 좋아보이냐? 나는 이사 갈 때면 현실을 깨달아. 보증금이 없어. 이 나이 되도록 집 보증금이 없다는 건 이 땅에서 수컷으로는 이미 낙제라는 얘기야. 여행 좋지. 헌데 어떤 여자가 평생 여행 얘기만 늘어놓는 남자랑 같이 살겠냐?

건강에 문제가 있어 대학을 중간에 그만뒀다고 면접에서 내가 말했을 때, 이력서를 들여다보던 그는 전염병이 있는 건 아니죠? 하고 묻더니, 이내 농담이에요, 하고 머쓱하게 웃었다. 고졸인 건 별로 상관없지만 월급을 그렇게 많이 줄 수는 없을 것 같다고 그는 말했고, 나는 그가 제시한 액수를 들은 뒤에, 출퇴근하는 게 아니라 여기서 자면서 일할 수는 없겠느냐고 물었다. 나는 결국 채용되었고 그곳에서 숙식을 제공받으며 근무하게 되었다.

지금 생각하면 소년만화 주인공처럼 우스꽝스럽게

느껴지기도 하지만, 그때 나는 제법 비장한 마음, 일종의 결기라 불러도 될 만한 것을 품고 있었고, 거기에는 나름의 절실함이 담겨 있었다. 나는 어떻게든 나 자신의 것이라 말할 수 있는 삶을 살고 싶었고, 이대로는 안돼, 더 이상 이대로는 안 돼, 하는 말을 늘 머릿속에 달고 다녔다. 아버지를 생각하면 마음이 무거웠지만, 더이상 어머니가 없는 집에서 아버지와 살 수는 없다고 생각했고, 정서적 안정감보다 내 경제적 독립이 당시의 아버지에게는 더 필요하다는 생각도 있었다. 내가 혼자 살 곳을 찾은 뒤에야 비로소 삶이라는 것이 시작될 것이었다. 처음에는 어디 멀리 시골로 내려가 조용히 살까 하는 생각도 했다. 새로 바뀐 내 담당의도 비슷한 이야기를 했는데, 기억이 너무 큰 압박으로 다가오면 한동안 한적한 곳, 가능하면 사람이 적고 자연으로 둘러싸인 곳에 머무르며 휴식을 취하는 것도 좋다는 게 그의 생각이었다. 내게 기억의 폭발을 가져오는 것은 대부분 사람들이었고, 나 같은 사람에게는 도시의 복잡한 삶이 끝없는 고통일 수 있다는 것이었다. 하지만 단지 고통을 피하기 위해서라는 이유로 아무것도 없이 잔

잔하기만 한 호수 표면을 바라보며 하루 종일 앉아 있거나, 산속으로 들어가 나무와 꽃들만을 친구로 여기며 사는 삶은, 스물다섯 살의 내게는 패배처럼 느껴졌다. 나는 내게 일종의 장애가 있다고 해서 삶으로부터 물러나 몸을 웅크리고 싶지 않았고, 아무리 따끔거리는 자극으로 다가온다 한들 서울이라는 도시가 발산하는 그 모든 매혹과 향기와 더러움에서 그런 식으로 발을 빼고 싶지 않았다.

나는 단어들과 별로 친한 편이 아니지만, 어떤 단어들은 무해하고 상냥한 얼굴로 여전히 내 안에 남아 있는데 스몰 월드라는 이름도 그중 하나다. 그 말은 그때의 나를 마법처럼 끌어당겼다. 그건 마치 내가 그동안 살아온 삶을 압축해놓은 듯한 한 단어였고, 내 작은 세상에 비밀스레 건네진 짧지만 든든한 환영 인사 같기도 했다. 정작 상현이 형에게 들은 그 이름의 뜻은 내가 마음대로 부여한 의미와는 좀 달랐지만 말이다(아, 그거? 별거 없는데. 사람들이 여행을 하다보면 여기서 만났던 사람들이 저기서 또 만나는 경우가 있잖냐. 그럴 때 이거 참 세상 좁다, 는 의미로 그렇게들 말하는데, 나는 그 말이 이상하게 참 듣기 좋더라고).

아침시간은 그곳에서 가장 마음에 드는 부분이었는데, 식당으로 내려가면 늘 환한 레몬빛 조명이 켜져 있었고, 호텔에서 일하는 셰프들처럼 정식으로 유니폼을 차려입지는 않았으나 에너지가 넘치는 표정과 믿을 수 없이 재빠르면서도 침착한 손놀림으로는 그들에 전혀 뒤떨어지지 않는 프로 요리사였던 정씨 아저씨가 부엌의 바 뒤에 서서 분주하게 몸을 움직이고 있었다. 빵들은 갈색 왕골 바구니에 차곡차곡 담겨 있었고, 신선한 우유와 갓 내린 커피가 준비돼 있었으며, 스크램블드에그와 갓 구운 소시지의 냄새가 코를 찌르고 군침을 돌게 했다. 나는 그때까지 세상에 대해서는 거의 아무것도 모르는 애송이였지만, 거기 내려갈 때면 마치 내가 전 세계를 여행하며 놀라운 모험을 하는 여행자가 된 것 같았고, 오늘도 아주 많은 것을 보고 들을 테니 든든하게 먹고 힘을 내자고 꿈을 꾸는 것처럼 생각할 수 있었다. 나는 상현이 형과 하루씩 번갈아서 주방보조가 되어 식당을 세팅하고 손님들의 식권을 받았다. 낮에는 청소를 하고 체크아웃과 체크인 업무를 처리했고, 저녁과 밤에는 라운지에서 음료와 간단한 스낵을 팔았다.

모두 스물한 개의 방이 있었는데, 3층 복도 끝에 있던 다용도실 크기의 공간이 내 방이었다. 새벽 두 시쯤, 모든 업무가 끝나고 내 방으로 돌아가면 고단한 몸에 어엿한 마음이 밀려왔다. 무너지지 않고 살아낸 하루 치의 현재가 차곡차곡 쌓여갔다. 나는 아무런 장식이 없는 침대와 조그만 책상, 의자 하나, 그리고 옷장이 전부였던 그 방의 단출한 가구가 마음에 들었다. 하지만 그 방에 누군가가 들어오게 될 거라고는 생각하지 못했다.

어느 날 밤, 야간근무를 마감하고 샤워를 한 뒤 방으로 돌아와 막 침대에 누우려는데 누군가가 문을 두드렸다. 누구세요, 하고 물어도 대답이 없어서 조금 긴장을 하고 문을 열었더니 거기 그녀가 서 있었다.

지난번에는 고마웠어요, 그녀가 말했다.

아아 네, 내가 대답했다. 역시 무슨 일인지 물어봤어야 했나 하는 생각이 스쳤다. 그녀에게는 친구가 없어 보였으니까.

그녀는 2층의 7호실을 쓰고 있었다. 그 방은 4인실

로, 문을 열고 들어가면 오른쪽에 놓인 이층침대 아래 칸이 그녀의 침대였다. 그녀를 제외한 그 방의 투숙객은 모두 외국인으로, 아침을 먹으면서 어울려 수다를 떨어댔고 종종 이태원이나 홍대로 함께 밤마실을 나가기도 했다. 나는 여자들에 대해서는 잘 몰랐지만 그녀는 그 세 명 중 누구와도 말을 주고받지 않는 듯했다. 좀 더 정확히 말해, 그때의 게스트하우스가 커다란 칵테일 잔이었다면 그녀는 어떤 음료와도 어울리지 않고 섞이지도 않는 버블티 알맹이처럼 잔 밑바닥에 가라앉아 있었다.

내국인으로는 드물게도 장기투숙을 하고 있었기 때문에 그녀는 나와 로비에서 매일 마주치는 사이였다. 아침에는 입맛이 없는지 거의 식사를 하러 내려오지 않았고, 낮에는 보통 외출을 했다가 저녁 무렵에 돌아왔지만, 종종 노트북을 들여다보며 하루 종일 라운지에 앉아 있기도 했다. 우리는 몇 번인가 목례를 교환한 적이 있었지만 그게 다였다. 내가 그녀에 대해 짐작할 수 있는 것은 많지 않았다. 나이가 나보다 많다는 것, 일하지 않고 그런 곳에 머물러도 될 만큼 여유가 있는 사람이라는 것, 그리고 내 기억력에 대해 알고 있다는 것.

그런데, 그때 일 말인데요. 진짜예요? 정말로 모든 걸 기억할 수 있어요?

그녀는 물었고 나는 좀 당황했다. 그 일주일쯤 전에 로비 컴퓨터가 갑작스레 다운되어 죽어버린 일이 있었다. 상현이 형은 내게 도움을 요청했고, 나는 쉰 명이 조금 넘는 투숙객들의 신상과 방 번호, 침대 번호, 체크인 날짜와 체크아웃 예정일, 그들 각자가 알려준 그날의 요구사항, 그리고 그다음 날로 예정되어 있던 경복궁 수문장 교대식 투어에 참가를 신청한 사람들의 이름과 투어비 지불 여부를 어렵지 않게 떠올려낸 다음 형에게 불러주었다. 고마워. 그런데 너 정말 TV 출연 안 할래? 대놓고 홍보하는 게 어려우면 그냥 지나가는 것처럼 이름만 슬쩍 흘리면 되잖아. 형은 그렇게 말하고는, 세탁물을 맡기려고 기다리고 서 있던 그녀를 보며 이 친구가 기억의 천재거든요, 신기하죠? 하고 중얼거렸다.

아뇨 그냥. 아뇨 전 그냥. 나는 괜스레 얼굴이 붉어져 얼버무렸다. 그녀가 그걸 마음에 담아두고 있을 줄은 몰랐는데, 이상하게도 가장 은밀한 부분을 들킨 것처럼 부끄러웠다. 내가 어쩔 줄을 모르고 서 있는데 그녀가 웃으며 말했다. 오늘 아침 완탕수프 맛있었어요. 여기서 먹어본 것 중에 제일 맛있어요.

그건 그냥 구색을 맞춘 거였는데요, 나는 말했다. 여기는 한국이시반 손님들이 좋아하는 건 그냥 평범한 대륙식 아침식사고, 그래도 사이드로 동양 요리 몇 가지는 있어야 한다고 해서 내놓은 거라고, 몇 번 안 해봐서 아직 익숙하지 않고 맛도 별로라고, 묻지도 않은 이야기를 방어적으로 늘어놓았다. 내 기억에는 수만, 어쩌면 수십만도 넘는 항목들이 있었고 그중에는 물론 연애에 관한 것들도 있었지만, 그것들은 대체로 굳게 봉인되어 있었다. 새벽이 다 된 시각에 내 방을 찾아와 문간에 서서 관심을 표하는 이성에 관한 항목은 아예 없어서, 아닌데요, 그건 아무것도 아니에요, 그렇게 화난 사람처럼 중얼거리는 것 말고 달리 대처할 방법을 알 수가 없었다.

그냥 물어보고 싶은 게 좀 있어서요.

그녀는 그렇게 말했고, 그날의 기억은 거기서 끊겼

다. 끊겼다,는 말이 나 같은 사람에게 얼마나 어울리지 않는지, 그리고 얼마나 마음 편하게 들리는 말인지 알지만 마흔일곱 살의 나로서는 그렇게밖에 말할 수가 없다. 분명 그때 그녀가 입고 있던 옷(붉은색 체크무늬 셔츠와 검은 카디건, 청바지 차림이었다)과 머리 모양(평소에는 풀고 다녔지만 그날은 하나로 묶고 있었다)은 생생하게 떠오르고, 그녀가 내게 연달아 질문을 했던 것도 기억나는데, 그것이 무슨 질문이었는지, 내가 뭐라고 대답했는지는 아무리 애써도 떠오르지 않는다. 그날 라운지는 일찍 닫혔으므로 그녀도 나도 술을 마시지는 않았고, 방에 들어온 뒤 우리가 그렇게 오래 이야기를 나눈 것 같지도 않다. 하지만 생각이 여기에 이르자 곧바로 장면이 바뀌는데, 그것은 다음날 아침의 기억이다.

그녀의 이름은 은유다. 나는 한쪽 팔로 그녀를 안고 누워 있다가 문득 눈을 뜨고 시계를 보는데, 바늘은 여섯 시 오십 분을 가리키고 있다. 나는 급히 일어나 옷을 주워 입는다. 아침식사는 일곱 시부터고, 투숙객들이 내려오기 전에 세팅을 해놔야 하는데 큰일이라는 생각, 빵과 커피, 된장국과 김밥, 수저와 포크 같은 각각의 항목들이 떠오르며 나를 현실로 밀어낸다. 하지만 그런 걱정 속에서 정신없이 옷을 입으면서도 나는 8월의 바닷물 속에 몸을 반쯤 담그고 발끝으로 땅을 밀면서 조금씩 앞으로 나아가는 것 같은 한없는 따스함과 평온함을, 시간에 속하지 않는 어떤 항구적인 장소에 내가 있음을 느끼는데, 그건 그녀가 내 침대에 누워 잠들어 있고, 내가 그녀와 사랑을 나눴다는 사실 때문이다. 나는 습관적으로 내 마음의 안쪽을 살피지만, 아무리 둘러봐도 지난밤의 두려움과 불안은 어디로 갔는지 보이지 않고, 다만 아주 근사한 일이 일어났다는 생각만이, 내가 비로소 한 인간으로 인정받았다는 분명한 자각만이 보드라운 토양처럼 거기 깔려 있다. 은유는 순한 아기 동물처럼 잠들어 있고, 나는 그녀를 깨우고 싶지 않아서 조용히 문을 닫고 방을 빠져나간다.

*

뭐 좀 물어봐도 되겠냐. 이런 질문이 얼마나 바보같이 들릴지는 알지만.

오랜만에 집에 찾아간 내게 아버지가 운을 뗐다. 아버지는 어두운 보라색 운동복을 입고 있는데, 이미 많은 기억이 흐릿해진 다음이지만 나는 그게 색깔만 다를 뿐, 내가 어렸을 때 엄마가 아빠에게 사준 운동복과 같은 브랜드라는 사실을 알아볼 수 있다. 막 환갑이 지난 아버지의 머리는 희끗하고, 코끝에는 제법 두꺼운 돋보기 안경이 걸려 있으며, 간이 나빠진 것인지 혹은 다른 어디가 나빠진 것인지 얼굴은 붉고 전반적으로 휴식과 수분 섭취가 부족해 보인다. 등 뒤에는 책장이 놓여 있는데, 거기에는 아버지가 결코 읽을 일이 없을 거라고 생각했던 종교 에세이(《나누는 삶과 신앙체험》《싯다르타와 함께한 40년》《티벳에서의 마음수련》)와 건강 관련 서적(《뇌질환 쉰부터 예방하기》《설탕이 병을 만든다》《척추측만증의 이해와 예방》)이 즐비하게 꽂혀 있어 생경한 마음을 불러일으킨다. 하지만 그것들 사이에서 나는 세월이 흐르고 현직에서 물러났을지언정 여전히 변하지 않은 아버지의 일부를 볼 수 있는데, 스튜디오 지브리 탄생 60주년을 맞아 새로 출간된 전집 ― 연감과 인터뷰집, 다섯 권으로 이루어진 캐릭터북 ― 이 나란히 꽂혀 있어서였다. 1985년생인 아버지와 스튜디오 지브리는 동갑내기로, 아버지는 평생 지브리의 팬이었고, 미야자키 하야오가 은퇴하고 후속작들이 예전의 영광을 되살리지 못해 결국 스튜디오가 문을 닫은 뒤에도 변함없는 애정을 유지했다. 이미 읽은 것인지 혹은 사놓고 아직 들춰보지는 않은 것인지 알 수 없었지만, 그것들이 거기 있다는 사실은 얼마간 내 마음을 다독여주었고, 그래서 나는 차분하게 아버지의 질문을 기다렸다.

엄마가 처음 새치 염색을 한 게 언젠지 혹시 기억하냐?

나는 잠시 생각했다. 정확한 날짜를 댈 수는 없을 것 같았다. 중학교 1학년인가 2학년 때였던 것 같은데요, 내가 대답하자 아버지는 묵묵히 고개를 끄덕였다.

하지만 그날이 아주 사라진 건 아니었다. 여름이었다. 그날 엄마는 약국에서 염색약을 사와 저녁식사가 끝난 뒤에 손수 염색을 했고, 아빠와 나는 그것을 지켜보았다. 이런 거 보지 마, 슬퍼진단 말이야, 엄마는 그렇게 말했고 우리는 고개를 돌렸다. 염색이 끝난 뒤에는 아빠가 사온 딸기타르트를 모두 함께 먹었다. 엄마는 마감이 코앞이었는데, 타르트를 먹은 뒤에는 피곤했는지 컴퓨터를 켜지도 못하고 그대로 쓰러져 잠들어버려서 아빠와 내가 함께 걱정을 했었다. 내가 그렇게 말하자 아버지는 가만있어봐라, 하고 일어나더니 방에서 작고 검은 수첩을 가져와 만년필로 내 말들을 하나하나 적었다. 타르트,라고 흔들리는 글씨로 적고 나서, 그때 엄마가 연재하던 웹툰의 제목을 내게 물었다.

곧이어 다른 질문들이 이어졌다. 그때 엄마 몸무게가 얼마였지? 우리가 왜 싸웠는지 기억하니? 그 사탕은 어떻게 생긴 거였니? 거기 갔을 때 엄마도 바이킹을 탔냐? 아니면 너랑 나만 탔던가? 아버지는 계속 물었고, 나는 내가 답할 수 있는 한도 내에서 성실하게 대답했다. 몇몇 부분은 불분명했고, 어떤 기억은 그날 우리가 포크로 떠먹은 타르트처럼 테두리 부분만 남아 있었다. 그건 내가 평범함에 가까워지고 있다는 증거였지만, 나로서는 짐작만큼 기쁜 일이 아니었는데, 서른넷이 된 내가 내게는 결코 없을 것 같던 망각을 경험하고 있다는 건, 아버지도 그만큼 나이를 먹어 삶의 끝을 향해 가고 있다는 생각이 들어서였다. 나는 아버지가 그 모든 질문들을 왜 하고 있는지 희미하게 알 것 같았다.

죽기 전에 네 엄마 얘기를 한번 그려보려고 하는데. 웃기냐.

아뇨. 사실은, 언젠가는 그러실지도 모른다고 생각했어요.

어머니가 우리를 떠나고 5년이 지났을 때 아버지는 웹툰 작가로 늦깎이 데뷔를 했다. 아버지의 첫 작품 〈에브리맨〉은 평단으로부터도 독자들로부터도 별로 좋은 평가를 받지 못했는데, 한국에서는 생소한 슈퍼히어로 스파이물이었고, 여성 캐릭터가 한 명도 없는데다 내가 보기에도 지나치게 상징적인 데가 많았다. 불친절해요, 이 부분은 무슨 말인지 잘 모르겠어요, 하고 코멘트를 하는 내가 그때의 기억 속에 있고, 내 옆에서 빨개진 눈을 비비고 하품을 하며 그것을 받아적는 아버지가 있다. 나와 나란히 서서 설거지를 막 끝낸 다음이라 아버지의 옷소매는 젖어 있고, 수염은 언제 마지막으로 깎은 것인지 알 수 없을 정도로 자라 있다. 〈에브리맨〉에는 다섯 명의 스파이와 자신의 몸을 수없이 복제할 수 있는 슈퍼히어로 '에브리맨'이 등장했는데, 내가 보기에 러닝셔츠와 운동복 바지를 입고 다니는 에브리맨은 아무래도 아버지 자신의 캐리커처에 가까웠다. 어머니의 작품들이 '일상사회툰'이라고 불린 것과 달리―어머니는 휠체어를 타고 서울에서 부산까지 연인을 만나러 가는 장애인 청년, 성희롱 발언을 일삼는 상사에게 복수를 꿈꾸는 회사원, 부재중인 고객의 집 앞에 쭈그리고 앉아 택배 상자에 CCTV를 그려넣다가 그 속으로 들어가버리는 택배 직원 같은 사람들을 주인공으로 등장시켰다―아버지에게는 자신이 속한 사회에 대해 어떤 식으로든 발언해야 한다는 강박 같은 것은 없었고, 대신 개인들의 트라우마를 철저히 장르적 코드로 풀어내는 게 특징이었다.

어머니가 양육비도, 생활에 필요한 다른 어떤 것도 보내주지 않았기 때문에 싱글대디가 된 뒤 아버지는 말 그대로 몸을 열두 개로 쪼개듯 살았는데, 나이와 점점 무뎌지는 감각 때문에 밀려나듯 웹디자이너 일을 그만둔 뒤에도 그림책 기획자로, 디자인 관련 서적을 펴내는 출판사의 편집자로, 애니메이션 배급사 총무팀장으로, 만화축제 사무국 직원으로, 캘리그래퍼로 변신하며 동에 번쩍 서에 번쩍 자리를 옮겨다녔고, 어떻게든 그림을 손에서 놓지 않으려고 안간힘을 썼다. 마침내 데뷔를 하고 첫 연재를 따냈을 때 아버지는 어느 입시 미술학원에서 운행하는 셔틀버스를 운전하고 있었다. 버스는 오후에 한 번, 늦은 저녁에 한 번 운행했기 때문에 아버지는 집에 있는 동안 마치 바닥에서 밀가루를 주워 담듯 흩어진 시간을 필사적으로 쓸어모아 그림을 그렸고, 내가 도우려고 무던히 애를 썼지만 여전히 손수 집안일도 해야 했기 때문에 피로회복제와 커피를 달고 살았다. 나로서는 그가 어떻게 그렇게 많은 에너지를 한 몸에서 뽑아낼 수 있는 건지 알 수 없었고, 저러다 쓰러지지 않을까 걱정이었지만, 지금 생각해보면 아버지가 그렇게 행복해 보인 적은 그 전에도 그 후에도 없었던 것 같다. 그건 내가 아직 어렸을 때 엄마와 함께 셋이 보낸 시간들에서 배어나던 행복의 기운과는 비슷하면서도 조금 달라서, 아버지는 그제야 비로소 그 자신이 된 것처럼 보였다. 어머니가 떠난 것이 남편이자 아버지인 그에게는 돌이킬 수 없는 재앙이었지만, 그림쟁이로서의 그에게는 그렇지 않았던 것이다.

내가 진단을 받은 뒤로 엄마는 차츰 집안일을 손에서 놓기 시작했고, 내가 열두 살이 되면서부터는 바짝 마른 수건 같은 얼굴로 그림을 그리고 있거나, 누워 있거나, 그도 아니면 어딘가에 몸을 비스듬히 기대고 있거나 셋 중 하나였다. 때때로 내 말을 잘 알아듣지 못해서 몇 번씩 미안해, 지금 뭐라고 했니? 하고 되물었고, 그 미안함을 상쇄하기 위해서인 것처럼 더없이 환한 표정으로 웃으며 헝클어진 머리를 긁적였다. 내 끼니를 챙기고 엄마가 어질러놓은 집 안을 치우는 건 아빠의 몫이었다.

추측. 2000년대 후반에 이십대에 접어든 두 분에게 가난은 갑자기 난 상처가 아니라 등뼈처럼 처음부터 삶의 중심에 있던 필수 요소였을 것이다. 그분들이 그 무거움을 잊을 수 있는 유일한 공간은 만화였고, 젊은 어머니와 아버지는 그 안에서 만나고 사랑하고 숨을 쉬었던 것 같다. 나라는 존재가 생기고 결혼을 결심했을 때, 두 분은 만만치 않은 공포를 느꼈겠지만, 어떻게든 삶을 계속해나가겠다는 의지를 평형수처럼 마음에 채워넣고 중심을 잡으려 했을 거라고 지금의 나는 막연하게 짐작한다. 두 분이 알지 못했던 게 있다면 아이를 키우며 사는 삶이 예상보다 몇 배쯤 고될 거라는 사실, 때로는 그저 눈을 뜨고 깨어 있는 것조차 결심을 거듭해야 간신히 이룰 수 있는 목표가 되리라는 것, 그리고 두 사람 중 한쪽의 꿈이 먼저 이뤄져 현실로 바뀌었을 때 그것이 다른 한 사람에게는 안도감만큼이나 만만치 않은 제약으로 다가오기도 하리라는 사실이었다. 어느 웹툰 사이트에서 네티즌의 추천을 받아 어머니가 먼저 연재를 따내기는 했지만, 연재 제의가 다시 한번 찾아오리라는 보장이 전혀 없었으므로 존재감을 얻기 위해서는 그야말로 온 힘을 다해 그림을 그려야 하게 되었을 때, 아버지는 생계라는 바통을 묵묵히 받아드는 것 말고는 할 수 있는 일이 없었다. 아니, 어쩌면 거기까지도 미리 예상했을 수 있겠지만 두 분은 내가 보통과는 다른 아이, 오랜 세월 동안 치료와 상담이 필요한 아이가 되리라는 사실은 미처 몰랐을 것이다. 그때부터 아버지는 접힌 사람, 미뤄진 삶만을 지닌 사람이 되었다. 그에 더해 젊은 시절 함께 품었고 사랑을 싹트게 해주었던 목표에 먼저 도달한 아내를 보조하며 아무에게도 내색할 수 없는 끓는 감정들, 한없이 유예되고 멀어지는 꿈에 대한 막막함을 속으로만 삭혀야 했던 사람이기도 했다.

그러나 중요한 것은 이 모든 것이 마흔일곱 살의 내가 오랜 연습 끝에 간신히 도달한 그분들의 삶에 대한 요약이고, 어린 내게는 그것들이 그저 두 분 사이의 일이었으며, 내게 어머니는 그저 수없이 많은 엄마들, 아버지는 그저 수없이 많은 아빠들의 연속이었을 따름이라는 사실이다. 나는 오랫동안 두 분의 삶을 지금 같은 식으로 통합해 생각할 수 없었는데, 그 일이 물리적으로 불가능하기도 했고, 한편으로는 그 모든 복잡한 사정 한가운데 내가 있어서, 바로 나에서부터 모든 일이 잘못되기 시작했다고 생각하는 일이 본능적으로 두려웠던 것 같기도 하다.

그런데 네 엄마 말이다, 생각만큼 기억이 잘 나지가 않아.

시간이 많이 지났으니까요.

나는 아버지가 그다음 질문을 하지 않기를 무용하게 소망했다. 그건 그토록 많은 시간이 지났음에도 내가 그 질문에 대답할 수 없기 때문이었다. 열일곱 살 이후 나는 그 질문을 수없이 마음속으로 되풀이하며 답을 만들어보려고 했다. 상상 속에서 나는 감정에 사무친 얼굴로, 아버지, 왜 아직도 그 생각을 하세요? 이제 잊어버리고 아버지 인생을 사세요, 하고 화를 내기도 했고, 뭘 물어보세요, 자식과 남편을 버리고 나간 사람 그 이상도 이하도 아니에요, 하고 냉정하게 대답하기도 했으며, 반대로 아버지, 죄송하지만 엄마는 전혀 나쁜 사람이 아니었어요, 하고 말한 다음 아버지의 흔들리는 눈빛을 마주 노려보기도 했다. 그러나 상상 속의 그 모든 나는 다른 사람들, 영화와 드라마의 등장인물들과 내 주변 사람들의 태도를 참고하고 모방하고 유추해 연기를 하고 있는 배우에 불과했고, 현실은 달랐다.

나는 이 집에서 한 번도 행복한 적이 없었어. 한 번도.

집을 나가던 날, 어머니는 나지막한 목소리로 그렇게 말했다. 샤워를 하고 욕실에서 막 나온 참이라 내 머리칼에서는 물이 뚝뚝 떨어지고 있었고, 어머니는 내게 등을 보이고 서 있다가 놀란 눈으로 뒤를 돌아보았다. 어머니에게는 내가 그 말을 들었다는 사실이 오랫동안

지고 가야 하는 짐—그때만 해도 나는 아무리 작은 사건 하나, 말 한 마디도 잊지 못하는 아이였으니까—으로 남았을 것이다. 그러나 그날의 충격이 내게—열일곱 살, 서른네 살의 나와 마찬가지로 지금의 나에게도 여전히—잊을 수 없을 만큼 컸음에도, 나는 어머니를 미워할 수가 없었다. 어머니에 맞서 아버지 편에 설 수 없었고, 남은 삶을 아버지만 지지하며 살 거라고 다짐할 수 없었으며, '무책임한 예술가/건실한 생활인' 내지는 '나쁜 년/좋은 사람' 식으로 부모님을 간단하게 도식화해 정리할 수 없었다. 내 마음속에 있던 '어머니'라는 팔레트는 셀 수 없이 많은 칸으로 나뉘어 있었고, 거기에는 서로 다른 명도와 채도, 색깔을 지닌 기억들이 물감처럼 담겨 있었다. '나는 행복한 적이 없었어'라는 어머니의 말은 명백하게 새까만 빛깔이었고, 보통 사람이었다면 기억의 마지막에 칠해진 그 빛깔이 다른 많은 아름다운 빛깔들을 까맣게 삼켰겠지만, 내게 그건 단지 하루의 기억에 불과했고, 결코 그날의 칸 밖으로 나오는 일이 없었으므로 다른 어떤 것도 더럽히지 않았다. 아버지에 대한 내 죄책감은 거기서 비롯되었다. 한 사람을 중립적으로 기억하는 일이 어째서 다른 사람에게 미안해야 할 일이냐고 묻는다면 대답하기 어렵다. 그러나 아버지의 아들인 내게 그것은 분명히 미안한 일이었고, 나아가 혼란스러운 일이었다.

내 마음을 읽었는지 아버지는 하려던 질문을 삼키고 싱긋이 웃음을 지었을 뿐이지만, '그런데, 엄마는 너에게 어떤 사람이었니'라는 그 질문은 내 머릿속을 울렸고, 여전히 불가능한 대답은 나를 어렵게 했다. 균형이, 기억과 감정의 물감을 제자리에 끈덕지게 굳혀놓아 나로 하여금 모든 것을 세부로만 받아들이게 하고, 그 어떤 판단이나 일반화도 불가능하게 했던 그 완고한 평형 상태가 나를 아직 지배하고 있다는 사실을, 서른네 살의 나는 낯설게 깨달았다.

*

그날 이후 은유는 거의 매일 밤 내 방을 찾아왔다. 간혹 낮에 라운지에서 함께 시간을 보낼 때도 있었지만, 그럴 때면 그녀는 말을 아꼈고, 표정도 평소보다 굳어 있어서 어쩐지 자연스럽지가 않았다. 상현이 형은 곧 우리 관계를 알게 됐지만, 내 걱정과는 달리 그는 일만 제대로 한다면 직원이 손님과 연애를 하든 뺨을 때리고 맞든 별로 상관하지 않겠다는 태도였고, 외국인 투숙객들은 그저 외국인 투숙객들일 뿐이어서, 게스트하우스 전체에서 그 문제를 신경 쓰는 사람은 사실은 우리 두 사람뿐인 것 같았다. 그렇지만 은유는 마치 여고생처럼 주위의 시선에 민감해했고, 낮의 그녀와 밤의 그녀는 아주 다른 사람처럼 느껴졌다. 나는 묵묵히 청소를 하고 빨래를 개면서 저녁이 되기를, 그래서 아침에 게스트하우스를 나간 그녀가 돌아오기를 기다렸다. 그건 달콤하면서도 고통스러운 기다림이었다. 매일 아침 은유가 방 열쇠를 맡기기 위해 카운터로 걸어오는 것을 보는 순간부터 나는 다시 그녀를 안고 싶어 참을 수가 없었지만, 은유는 내게 보일 듯 말 듯한 미소를 지어 보이고 다른 손님들과 마찬가지로 가버릴 뿐이었다. 오늘은 어디로 가? 라거나 몇 시쯤 돌아올 거야? 같은 질문을 던지고 싶은 충동이 몇 번 일었지만, 나는 그럴 수가 없었다. 어째선지 물어보면 안 될 것 같았다. 몇 주가 흐르고 다시 몇 달이 지나는 동안 7호실의 다른 손님들은 끊임없이 바뀌었지만, 그녀의 커다란 푸른색 캐리어— 28인치로, 그녀가 끌기에는 지나치게 무거워 보였다— 는 같은 자리에 놓여 있었고, 거기에는 늘 조그만 자물쇠가 채워져 있었다.

지금은 그냥 쉬고 있어. 누구나 그럴 수밖에 없을 때가 있지 않아? 내가 용기를 내서 물었을 때 은유는 그렇게 말했다. 어떤 의류 관련 회사를 다니다가 아무래도 적성에 맞지 않는 것 같아 얼마 전에 그만두었고, 지금은 공인중개사 자격시험을 준비하기 위해 조금씩 알아보고 있는 참이라고 했다. 한 번에 붙으려면 제대로 마음을 잡고 학원을 다녀야 하겠지만 그 전에 조금 쉬고 싶었고, 그동안 열심히 살아온 자신에게 휴가를 주기로 했다고, 그래서 낯선 곳에 묵으며 혼자만의 여행을 하고 있는 거라고 했다. 카페랑 맛집을 돌기도 하고, 영화도 보고, 그런데 보통은 그냥 걸어. 아무 생각도 안 하면서, 그냥 다리가 아플 때까지 걸어. 걸으면 답답하지 않아서 좋아.

그 기분은 알 수 있었다. 나 역시 너무 많은 것이 떠오를 때면 그러고 싶었으니까. 하지만 나와는 달리 그녀에게는 미래가 있는 것 같았다. 그러니까 건실하고 정상적인 사람으로서의 미래가. 설령 어떤 사정이 있어 공중에 뜬 것 같은 나날들을 보내고 있다고 해도 그녀는 언젠가는 단단한 삶을 찾을 것이고, 고단해도 행복한 표정으로 나이를 먹어갈 수 있을 것 같았다. 은유의 노트북에는 공부를 위해서인지 종종 부동산 사이트들이 떠 있었고, 거기에는 매물로 나온 각양각색의 집 사진이 있어서, 나는 그것들을 볼 때마다 그 집들을 돌며 야무진 표정으로 신혼부부들을 설득하거나 채광과 난방 상태를 점검하는 그녀를 떠올려보곤 했다. 공인중개사라는 단어는 그때의 내게는 무척 현실적으로 들리는 말이었고, 단정한 세미 정장을 입고 계약서 파일을 손에 든 상상 속 그녀는 땅에 발을 굳게 붙이고 있는 사람처럼, 성숙한 어른처럼 보였다. 하지만 정작 그녀는 자신에 관한 이야기는 별로 하지 않았다.

아니, 어쩌면 이것은 왜곡된 인상일지도 모르지만.

어쨌거나.

은유가 가장 좋아하는 화제는 '기억'이었다. 내가 감

추고 싶어 하는 기이한 기억력이 그녀에게는 무한한 관심의 대상인 것 같았다.

바보 같은 질문이라는 건 알지만, 뭐 하나만 물어봐도 돼?

어느 날 밤 은유가 입을 열었다. 그녀는 내 팔에 안겨 있었고, 우리는 막 사랑을 나눈 참이었다. 뭘 물어보려는 것일까. 나는 어쩔 수 없이 조금 긴장했다.

너는 아무것도 잊을 수가 없는 거잖아. 그럼 그건, 누군가랑 키스할 때 지난번 사람이랑 한 키스가 생생하게 떠올라서 괴롭다는 뜻이야?

그녀의 얼굴에는 장난기 어린 미소가 떠올라 있었지만 한편으로는 진지한, 거의 학문적으로 보이는 호기심이 눈동자를 가득 채우고 있었다. 나는 한숨을 쉬고, 어떻게 대답해야 좋을지 고민하기 시작했는데, 그녀가 금세 그것을 알아챘다.

걱정하지 마. 마음에 담아두지 않을 테니까. 그냥 궁금해서 그래.

내가 입을 굳게 다물고 있자 은유는 토라진 얼굴을 하고 내게서 등을 돌렸다. 거짓말 같아, 중얼거리는 소리가 들려왔다.

뭐가?

너랑 내가 만났다는 게.

그게 왜 거짓말 같아?

너는, 그러니까, 일종의 초능력자잖아? 그에 비해 나는 지극히 평범한 사람이고.

초능력자? 무슨…… 나는 실소를 터뜨렸다. 그 단어가 너무 어이없어서 순간적으로 경계가 흐트러졌고, 그래서 그다음 말이 웃음에 섞여 아무 생각 없이 흘러나왔다.

충분히 잘 어울리는 한 쌍이라고 생각하는데. 너는 되게, 되게되게 많은 사람을 만났다면서. 근데 하나도 기억 안 난다면서.

내 손끝에서 그녀의 목덜미가 굳어져서, 나는 그제야 내가 멍청하기 짝이 없는 실수를 저질렀음을 깨달았다. 은유가 그 얘기를 들려주었을 때는 우리가 아직 사랑해,라는 말을 주고받기 전이었다. 그러나 이제 우리 위에는 그 말의 무게가 드리워져 있었고, 그것은 어떤 말들, 절대로 해서는 안 되는 말들을 분별할 줄 알아야 한다는 뜻이었다.

미안해. 비난하려는 게 아니었어. 난 그냥.

그녀가 화난 얼굴로 한참 동안 나를 노려보았다. 나는 숨을 쉴 수가 없었다.

미워 죽겠어, 정말. 기계도 아니고, 뭐냐.

이번에는 내가 얻어맞았지만, 다행히 그 정도는 견딜수 있었다. 나는 은유의 따뜻한 몸을 안고 미안해, 하고 다시 속삭였다. 그녀의 표정이 풀려서 다행이었지만, 어렵다는 생각이 마음을 무겁게 했다. 누군가를 좋아하는 일이 내게는 항상 어려웠다. 떠올리고 싶지 않아도 떠오르는 것들 때문이었다. 나는 은유의 얼굴을 보면서 마음속 동영상들에 찰칵찰칵 자물쇠를 채웠다. 동영상의 수는 내가 지금껏 좋아한 사람들의 수와 일치했는데, 나는 각각의 자물쇠가 견고하다는 사실을 확인한 다음 은유에게 정신을 집중하려고 애썼다. 하지만 자물쇠로 잠그긴 했어도 그 각각의 클럽에는 대표 섬네일이라는 게 있어서, 그것까지 없애버릴 수는 없었다. 나는 포기하고, 내 머릿속을 그녀가 알아차리지 않기를 기도하기 시작했다.

그녀의 질문은 우습기는 해도 핵심을 건드렸다. 키스할 때 다른 사람과의 키스가 떠오르느냐고? 물론 그렇기도 했지만, 문제는 그 이상이었다. 키스를 하고 사람을 사귈 수는 있었지만, 나는 내가 사랑이라는 것을 할 수 있다고는 생각하지 않았다. 사랑은 편향인 것 같았고, 한 사람을 우위에 놓고 다른 모든 사람을 평가절하하는 일처럼 여겨졌던 것이다.

호감을 느끼게 된 이성들의 단점을 발견했을 때는 그렇게 어렵지 않았다. 단점은 그녀들 각자에게 고유한 모양으로 새겨진 상처였다. 말투나 사고방식이 오만해서 다른 사람들을 쉽게 무시한다거나, 화장을 지나치게 진하게 하고 다닌다거나, 열등감이 심하다거나, 타인의 비밀을 경박하게 입에 담는다거나. 나는 그런 것들에는 혼란을 느끼지 않았다. 그녀들 각자의 결함을 나는 온전히 좋아할 수는 없어도 나름대로 좋아하려고 노력했고, 그런 내 마음을 잘못된 것이라 여길 이유도 없었다. 곤란한 부분은 장점이었다. 내가 좋아하게 된 소녀에게서 어떤 장점—이를테면 밝은 성격이나 예의 바른 태도—을 보았을 때, 내 머릿속에는 예전에 알던 다른 사람들의 비슷한 면모가 마치 동의어 사전을 펼쳐놓은 것처럼 주르르 떠올랐다. 그에 더해 책에 씌어 있던, 뉴스에서 봤던 모든 근사한 사람들이 한꺼번에 등장해, 내 눈앞에 서 있는 소녀의 장점을 눈 깜짝할 사이에 평평하고 특징 없는 것으로 만들어버렸다. 지금이야 그것이 얼마나 황당한 일인지 알지만, 그때의 나는 아무것도 몰라서, 아, 근데 너, 누구랑 닮았는데? 너랑 정말 비슷한 사람이 있어, 습관적으로 그렇게 중얼거렸고, 그 아이의 표정을 읽지 못한 채 다른 사람의 이야기를 구구절절 늘어놓았다. 그리고 그런 말을 참아줄 수 있는 여자, 그것도 가장 민감한 나이대를 지나고 있는 여자는 없었다. 나는 한 사람을 위해 다른 것들을 무시하거나 외면하기가 어려웠다. 내가 사랑이라는 것을 할 수 없는 사람이라는 생각을 하면서도 나는 끝없이 외로움을 느꼈고, 이해해줄 사람을 찾아 헤맸으며, 애정을 갈구했다. 그래서 더욱 외로워졌고, 끝없이 자기혐오에 빠졌다.

그래서 싫어?

은유의 목소리가 나를 현재로 돌려놓았다. 그녀의 입

가에 쓸쓸한 미소가 걸려 있었다.

되게되게 많은 사람을 만나서, 내가 싫어? 혐오스러워?

아니.

그럼 화가 나?

나는 잠시 생각했다. 응, 화가 나, 그것도 무지무지, 하고 말하는 게 정답인 것 같았다. 그렇게 대답하자 그녀는 웃었다.

사실은 별로 화가 나지 않았기 때문에 나는 다시금 미안해졌다. 다행히 은유는 내 거짓말을 알아차리지 못했다. 사랑이 때때로 거짓말을 하는 것이라면, 미안한 마음이 아무리 무거워도 혼자서 견디는 것이라면, 그게 이 정도라면, 아주 불가능한 건 아닐지도 모른다는 생각이 들었다. 그러나 나는 여전히 내가 잘못되었다는, 겉으로는 눈에 띄지 않지만 나사가 여러 개 빠져 있어서 움켜쥐고 흔들면 덜그럭거리는 소리가 나는 자동인형 같다는 생각을 지울 수 없었다.

*

    초등학교 5학년이 되던 날 나는 안경점에 가서 안경을 맞췄다. 그러고는 마치 그것이 어떤 코스튬이기라도 한 것처럼 그날부터 지극히 말수가 적은 소년으로 살아가기 시작했다. 그건 한편으로는 모든 아이들이 겪는 사춘기의 시작이었지만, 내게는 조금 다른 이유도 있었다. 나쁜 기억들이 떠오르기 시작한 것이었다.

    엄밀히 말해 그 전까지는 나쁜 기억이라 할 만한 것이 많지 않았다. 늘 지친 표정이기는 했지만 부모님은 나를 나름대로 정성껏 돌봤고, 부당한 이유로 혼을 내거나 때리지도 않았다. 내게는 열등감을 자극하는 형제가 있는 것도 아니었고, 괴롭히는 상급생도 없었으며, 반 아이들도 나를 따돌리지 않았다. 그리고 가장 중요하게도, 나는 어렸다. 모든 건 사춘기가 되어 커지기 시작한 내 자의식에서 시작되었다. 어느 날부턴가 내 머릿속에는 '수치'라는 이름의 웹문서가 생성되어 있었고, 내가 그동안 저지른 온갖 사소한 실수와 실패들이 거기 모이기 시작했다. 칠판 앞으로 나가 제대로 풀어야 했으나 그러지 못했던 산수 문제, 유치원 탐구활동 시간에 내 강낭콩 화분에서만 싹이 나지 않았던 일, 1학년 때 꼭 한 번 바지에 실수를 해서 선생님이 나를 씻기고 옷을 갈아입혀준 일, 3학년 때 틀림없이 뽑힐 거라고 생각했던 반장 선거에서 떨어진 일, 다른 아이들에게 괴롭힘을 당하고 있던 여자아이를 못 본 척한 일―그 아이는 나중에 너한테 정말 실망했어, 하고 눈물 젖은 눈으로 말했다―들이 끝없이 거듭해서 재생되었다. 또 다른 웹문서의 이름은 '아픔'이었는데, 거기에는 그때까지 내가 겪은 모든 물리적 고통과 불쾌함이 갈무리되었고, 아기 때 내 허벅지를 뚫고 들어오던 커다란 주삿바늘의 기억에서부터 엄마가 기저귀를 가지러 간 사이에 내가 침대에서 떨어진 날의 끔찍함, 내 손을 베었던 모든 칼날과 종이들의 날카로움, 자전거를 타다 넘어졌을 때 아스팔트에 쓸린 무릎에서 흐르던 피와 거기서 나던 쇠 냄새까지 고스란히 배어 있었다. 흉터가 흔적 없이 사라진 뒤에도 다시 한번 그 일을 똑같이 당하는 것처럼 아픔이 그토록 생생하게 되살아난다는 건 일차적인 몸의 고통에 덧붙여 내가 징징대는 어린애, 언제까지나 옛날의 아픔에서 벗어나지 못하는 아이라는 증거처럼 여겨졌고, 그래서 그 항목은 다시 뫼비우스의 띠처럼 '수치'로 연결되었다.

기억은 예고 없이 떠올랐고, 그것을 다스릴 수 없다는 사실은 시간이 갈수록 점점 당황스러운 것이 되었다. 나는 학교의 누구에게도 그런 이야기를 하지 못한 채—아이들은 상담 때문에 학교를 빠지는 내가 '어딘가 아픈' 거라고만 알고 있었고, 부모님은 혹시라도 문제가 될까봐 선생님에게도 자세한 설명은 하지 않았다—자꾸만 몽롱한 상태에 빠져들었고, 밥을 몇 숟가락 먹다 정신을 차려보면 이미 점심시간이 끝나 있는 일이 여러 번 반복되곤 했다.

어느 날 의사가 균형이라는 단어를 입에 올렸다. 몇 가지 방법으로 마인드컨트롤을 시도했지만 아마도 내 정서와 심리 상태가 아직 성숙하지 않은 까닭에 그것들은 별 효과가 없었고, 그렇다면 이제 다른 방법을 찾아봐야 한다는 것이었다. 이대로 두면 자전적 기억이 점점 더 엄청나게 부풀어오를 겁니다, 마치 눈가리개를 씌운 말이 좁은 트랙을 끝없이 뱅글뱅글 도는 것처럼 될 거예요, 그는 말했다. 눈가리개를 벗기고 자신의 삶에 속하지 않는 것들을 더 많이 접하게 해서 '나'와 '외부세계' 사이의 균형을 맞추어야 합니다.

그 말을 들은 뒤로 부모님은 주말마다 나를 데리고 집을 나섰다. 봄에는 동물원과 딸기 따기 체험농장을, 여름에는 유원지와 바다와 수영장을, 가을에는 단풍이 물든 산과 종유석 가득한 동굴을, 겨울에는 빙어낚시터와 어린이 엑스포를 찾아갔고, 내 세계가 넓어지게 하기 위해 힘 닿는 데까지 애를 썼다. 평일에는 방과 후에 도서관에 데려가거나, 버스를 타고 그저 옆 동네를 구경하러 가는 일을 할지언정, 결코 나를 가만히 집에만 있게 두지는 않았다. 그 모든 노고가 내게는 얼마나 애틋하면서도 부담스러운 것이었는지. 어린 내게 그 하나하나의 경험은 물론 즐겁고 흥분됐지만, 부모님이 나를 위해 감당할 수 있는 것 이상의 노력을 하고 있다는 사실을 나는 분명히 알고 있었다. 어느 날 아빠가 다음주에는 텐트를 빌려서 캠핑을 가볼까? 하고 운을 뗐을 때 나는 결국, 그만하라고 소리를 쳤다. 아빠, 나한테 요즘 제일 많이 떠오르는 기억이 뭔지 알아? 아빠가 과학

관에 날 데려갔다가 쓰러질 뻔한 거. 엄마가 저번에 코
피 흘린 거. 엄마랑 아빠 피곤한 얼굴밖에 없단 말이야.
나는 그렇게 외쳤고, 두 분은 잠시 충격을 받은 듯했다.
나 그냥 공부할게. 공부만 하기에도 시간이 부족하다고.
그런 내 말에 약간 설득된 것 같기도 했다. 하지만 두 분
은 내게 좋은 기억을 만들어주어야 한다는 강박에서 결
코 완전히 벗어나지는 못해서 그 뒤에도 간헐적으로 주
말 나들이를 계속했고, 피로가 누적되었을 텐데도 내게
다짐하듯 웃음을 지어 보였다. 나는 몇 번인가 부모님이
싸움을 벌이기를, 서로 욕설을 퍼붓고 의자와 컵들을 집
어던지고 내게 악다구니를 치는 일이 자연스러운 수순
처럼 일어나기를 기대했지만—아마도 내게 삭제 불가
능한 기억으로 새겨질 거라는 두 분의 두려움 때문에—
그런 일은 벌어지지 않았다. 그리고 일어나야 마땅한 일
이 일어나지 않았기 때문에, 나는 불안해졌다.

　불안을 없애기 위해 내가 취할 수 있는 행동은 열심
히 수업을 듣는 것뿐이었다. 나는 교과서와 참고서에
나와 있는 문장들, 영어 단어와 산수 문제와 세계사 연

표의 모든 연대들이 내 삶에 중요한 의미를 지니고 있다고, 아니 그것들이 바로 내 삶, 나의 고갱이라고 생각했고, 하나하나 주의를 기울여 기억하려고 노력했다.

마치 입시를 앞둔 수험생 부모들이 즐겨 읽는, '나는 이렇게 서울대에 갔다' 유의 제목을 단 책에 나올 법한 얘기 같지만, 당시의 내게 '그것들이 바로 내 삶'이라는 말은 비유도 과장도 아니었다. 상상력이 그 일을 도와주었다. 이를테면 '즉위한 해 9월, 광개토대왕은 북쪽으로 거란을 정벌하고 끌려갔던 고구려 백성들을 되찾아왔다'라는 문장을 읽는 동안 나는 광개토대왕으로 변하기 위해 온몸에 힘을 넣었고, 내가 막 왕위에 오른 해 9월의 아침 공기와 북쪽에서 불어와 내 뺨을 간지럽히는 바람을 느끼려고 애썼으며, 거란족 병사들의 옷차림과 무기와 탐욕스러운 얼굴을 떠올렸고, 돌아와 가족과 상봉하는 백성들의 눈에서 흐르는 눈물을 눈앞에 필사적으로 그렸는데, 그건 그렇게 해야만 나 자신의 나쁜 기억—고작해야 똥범벅이 된 바지와 손가락에서 흐르는 피에 불과하지만 나를 미칠 것 같은 상태에 몰아넣기는 충분했던—에서 잠시라도 떠날 수 있기 때문이었다. 한편으로 내 머릿속에는 뉴욕 방문 얘기가 나왔을 때, 그것이 무산될 수밖에 없다는 사실을 깨달았을 때 부모님이 지었던 표정이 떠오르면서, 내가 그분들을 기쁘게 할 수 있는 유일한 방법은 기억을 잘하는 것이라는 생각이 들었고, 그에 따라 나름의 목표가 생겨나기도 했다. 이왕 머리 구조가 보통 사람들과는 다르다면 나는 그것을 유용하게 쓸 것이다. 좋은 학교에 갈 것이고, 일찌감치 돈을 벌 것이다. 내가 잘만 한다면 엄마에게 뉴욕까지는 아니더라도 취재를 위한 동남아 여행 정도는 선물할 수 있을 것이고, 아빠 역시 생활비 걱정을 접고 그림을 그리기 시작할 수 있을 것 같았다. 나는 공부에 집중했고, 곧 책상 앞이나 의자 위, 내 방이나 교실이 아니라 책들과 문제집 속에 존재하게 되었다. 공부를 하는 게 아니라 공부 그 자체가 되었다.

그 일은 내가 중학교를 졸업할 때까지 계속되었다. 겉으로 보기에 그때의 나는 일찌감치 입시전쟁의 생리를 터득한 아이, 사춘기의 불만이나 방황하고픈 욕구 따위는 자진해서 폐기 처분하고 병기로 최적화를 거듭하고 있는 삭막한 소년으로 보였을 것이다. 그런 평가가 아주 부당하다고는 말할 수 없을 것 같다. 하지만 내가 다만 떠오르는 기억에 질식하지 않기 위해 밤을 새워 문제집을 들여다보기도 한다는 사실을 아는 사람은 아무도 없었다.

고등학교에 들어가면서 다시 변화가 찾아왔다. 그 전까지는 어디까지나 나 자신의 불쾌한 기억이 가장 큰 문제였는데, 이제 다른 사람들에 관한 기억도 점점 자주, 무시할 수 없을 만큼 강하게 떠오르기 시작한 것이다. 내가 공부에 목매고 있는 동안 자연스레 소원해진 중학교 시절 친구들의 얼굴이 떠오르고, 그다음으로는 초등학교와 유치원 때의 친구들이 차례로 떠올랐다. 그 아이들과 했던 온갖 사소한 대화가, 휴대폰 하나를 손에서 손으로 옮겨가며 함께했던 게임들이 미칠 듯 그리워졌다. 좋은 기억도 고통스러울 수 있다는 사실을, 특히 거울 속에서 친구라고 할 만한 사람이 더는 한 명도 없는 자신의 얼굴을 볼 때 그러하다는 사실을, 나는 깨달았다. 또 한편으로는 때마침 폭발적으로 증가한 성욕이 나를 괴롭히기 시작했는데, 어쩌다가 체육시간에 달리기를 하는 여자애들의 출렁이는 가슴께에 시선이 닿거나, 어떤 아이의 교복 조끼 주머니에 슬쩍 삐져나온 생리대 같은 걸 보게 되면 그 광경이 며칠이고 몇 달이고 끊임없이 눈앞에 되살아났다.

몇 번인가 친구를 갖고 싶다는 생각에—고등학교 1학년이 끝나갈 무렵 반 아이들은 나를 '머신'이라고 불렀는데, 나는 그 말이 듣기 싫었다—시험문제 답을 일부러 틀리게 써보기도 했지만, 당연하게도 친구는 생기지 않았다. 누군가와 친구가 되기 위해서는 우선 솔직해져야 했는데, 나는 그 누구에게도 한없이 증식하는 세균에 노출된 채 버려진 실험실 같은 나의 내면을 열어 보여주거나 설명할 수 없었다. 이듬해 봄이 되어 엄마가 집을 떠날 때까지 나는 고개를 숙인 채 말없이 책 속에서 살았다.

*

어머니에 대한 내 감정을 누군가에게 이야기한 것은 처음이었다. 그것도 그런 식으로 길고 자세하게, 숨김없이 털어놓게 될 줄은 몰랐다. 이야기를 들은 은유는 내가 신기하다고 했다. 자신은 어떤 관계든 오직 마지막만 기억한다는 것이었다.

친구든 연인이든 크게 다르지는 않아. 관계가 어떤 식으로 끝났는지 ― 말하자면 누가 총을 쐈는지, 그게 어떤 총이었는지, 얼마나 피가 많이 튀었는지, 벽에 얼마나 끔찍한 무늬가 남았는지 ―그런 것들만 남는 거야. 내가 맞았을 경우에는 물론 얼마나 아팠는지가 기억의 중심이 돼. 그 사람이 그전에 얼마나 좋은 사람이었는지, 얼마나 멋진 것들을 내게 주었는지, 그런 건 하나도 남지 않아. 백만 번 다시 생각해도 그 사람은 그냥 나를 쏜 사람일 뿐이라고. ……그리고 정말 웃기는 게 뭔지 알아? 총을 쏜 게 나였을 때는 마지막조차 기억하지 못한다는 거야. 핏자국도, 뼈도, 재도 없어. 바람에 날아가버린 것처럼 정말로 아무것도 안 남는다니까.

그녀가 웃었다. 자신에게 어이가 없어 하는 듯한 표정이었다. 하지만 내 생각에 그건 그녀가 정상이라는 증거였다. 그런 식으로 망각이 이루어지는 것이 정상적인 사람의 메커니즘이었다.

그래서 다른 사람을 만날 수 있고, 다시 사랑할 수 있게 되는 거잖아?

글쎄, 그런 걸 사랑이라고 할 수가 있어? 난 그냥 리셋을 하고 있을 뿐이었던 게 아닐까? 그 사람이 어떤 사람이었는지, 그런 건 사실은 별로 중요하지 않았던 거 아닐까?

은유는 그렇게 말하고 아차 하는 표정을 지었다. 당황한 건 나도 마찬가지였다. 우리는 사랑에 대한 무능력을 각자의 방식으로 연달아 고백해버린 셈이었으니까. 우리는 이상한 덫에 함께 걸려버린 두 개의 인형 같았다. 어쩌면 그건 관계를 시작한 지 얼마 되지 않은 연인들이 서로에게 부여하는 일종의 통과의례였던 것 같기도 하다. 자신의 가장 보여주기 싫은 부분을 보여주고, 나는 이 정도로 이상하고 망측한 사람인데 그래도 나를 좋아해줄 수 있겠느냐며 시험하는 것이다. 사람들이 왜 그런 행동을 하는지는 몰라도 우리 역시 그 일을 하고 있었다. 나는 내가 그 시험을 제대로 통과한 것인지 알 수 없었다.

그녀는 내 기억하는 능력이 부럽다고 했고, 그건 진심인 것 같았다. 하지만 그녀는 내가 지나간 사람들에 대해 여전히 생생하게 갖고 있을 기억들에 대해서는 달 가워하지 않았고, 겉으로 드러내지는 않아도 두려워하고 경계하는 것 같기도 했다. 나는 그녀의 잊는 능력이 부러웠지만 그건 그녀가 가장 부끄러워하고 비윤리적이라고 느끼는 능력이었다. 그리고 그 부끄러움은 시간이 가면서 내게도 영향을 미치기 시작했다. 나는 그녀가, 어떤 이유가 있어 자신에게 가장 소중하고 기쁘고 행복했던 순간들을 기억하지 못하는 것뿐이고, 단지 외로움 때문에 남자를 수도 없이 갈아치우는 타입의 여자는 아닐 거라고 생각하려고 했다. 그러나 그녀의 따스한 몸속에 들어가 있다가도, 사랑해,라는 말을 속삭이고 그녀의 입술을 내 입술로 덮으며 내가 폭설이라고, 그래서 그녀가 걸어온 모든 길 위의 발자국을 나라는 하얀 눈으로 덮겠다고 정말이지 우스꽝스럽기 짝이 없는 수컷의 포부를 품다가도, 다음 순간 그녀의 감은 눈을 보면 언젠가 저 눈꺼풀 속에 나는 없을 거라는 생각, 나 역시 그녀가 거쳐온 수많은 남자들의 목록 중 한 항목에 불과하며 나의 모든 것도 흔적 없이 사라져버리리라는 생각을 지울 수 없었다.

다른 문제들도 있었다. 내가 대학을 중퇴했다는 이야기를 했을 때 은유의 얼굴에 스치던 어떤 표정 같은 것이 그랬다. 입시 문제집에 과도하게 감정이입을 하며 중·고등학교 6년을 보내고 의대에 들어갔을 때, 나는 처음으로 이대로는 안 되겠다는 생각을 했었다. 이론으로 이루어진 전공 수업의 압박이야 예전에 외우던 삼각함수나 화학식의 압박과 크게 다를 바가 없었고, 내 기억력은 그대로 있었으므로 조금 더 강도가 센 정신노동이라는 생각만 들 뿐이었다. 내게 공포를 불러일으킨 건 해부학 실습 얘기를 하던 본과 1학년 선배들의 얼굴에 떠오른 표정이었다. 그들은 마시자, 술이 필요해, 하는 말을 여러 번 반복했고, 과묵한 신입생이던 나를 보며 못 잊을 거다, 너도 해보면 절대 못 잊을 거야, 그렇게 웃으며 말했는데, 그 말들이 내게 메스라는 구체적인 물건에 대한 생각을, 뒤이어 칼로 사람의 혈관과 장기를 자르고 이어붙이는 의사라는 직업에 대한 뒤늦은 자각을 일깨운 것이었다.

나는 할 수 있을 거라고 생각했다. 그들이 한다면 나도 할 수 있을 것 같았다. 그러나 할 수 있다는 이유만으로 무언가를 하는 일은 옳은가? 나는 그때까지 다만 할 수 있었기 때문에 지식을 집어삼켰고, 그것이 세계라고 믿으면서 나 아닌 것들로 머릿속을 가득 채웠다. 그러나 설령 아버지를 위한다는 명분이 그 끝에 놓여 있을지언정 이런 식으로 모든 일을 계속 진행해도 되는 것인가 하는 의구심이 들기 시작했다. 의사라는 직업은 단순한 암기 대상이 아니었고, 내게는 그 직업에 대한 어떤 깊이 있는 생각도, 의학을 공부하거나 의료 관련 일을 하고 싶다는 어떤 욕구나 갈망도 없었다. 그대로라면 나는 좋은 성적으로 졸업을 하고 정말로 의사가 되어버릴 것 같았다. 그러고는 어느 날, 수술실에서 기억력의 도움을 받아 완벽한 순서대로 누군가의 살갗을 절개하고 종양을 들어내다가 문득 까무러치듯 정신이 나가 환자의 몸에 난도질을 하고, 이어 메스로 내 목을 그어버릴 것 같았다.

난독 증상이 생기기 시작한 건 그때부터였는데, 전에는 아무렇지 않던 책 속의 문장들이 웨이퍼 과자처럼 부서져내리기 시작했고, 오랫동안 억눌러놓았던 감정과 기억들이 마치 빗장이 풀린 듯 그 위로 쏟아져내렸다. 전공서적 대부분이 원서로 되어 있다는 사실도 미묘하게 작용했다. 한국어 문장들을 읽을 때 내 머릿속에는 일종의 방어벽 같은 게 형성되어 있어서 내 개인적 삶이 거기 겹쳐지지 않도록 처음부터 단단히 방비를 할 수 있었다. 그러나 외국어 단어를 보고 그것을 우리말로 변환하는 데는 아무리 짧아도 몇 초 정도의 시간이 필요했는데, 그 몇 초 동안 기억이 나를 덮치는 것을 막아낼 방법을 찾기가 어려웠다. 'heart failure'라는 용어를 보면 다른 학생들은 자동적으로 '심부전'을 떠올렸을 것이다. 그러나 내 머릿속에서 그것은 우선 'heart'와 'failure'로 갈라졌고, 한쪽에서는 내 마음을 들뜨게 하고 가슴을 아프게 했던 사람들의 얼굴이, 다른 한쪽에서는 내가 얼굴을 붉히고 고개를 들지 못할 만큼 부끄러웠던 일들이 기억나면서, 새로 뚫린 두 개의 도로처럼 끝없이 뻗어나가기 시작했다. 첫 학기 시험을 완전히 박살났다고 해도 좋을 만큼 망쳤을 때 나는 이제 대체 어떻게 할 셈인가, 하는 절망감에 짓눌렸지만, 동시에 그건 당연한 일, 일어나야 마땅했던 일이라는 생각도 들었고, 그 생각은 점점 설득력을 얻어가기 시작했다.

은유에게 이 이야기를 하면서 나는 별다른 생각을 하지 못했다. 그저 그녀가 나를, 그렇게 다양하고도 눈물겨운 방식으로 기억이라는 괴물과 싸워온 나를 이해해주기를, 그 일이 얼마나 기묘했는지 알아주기를 희미하게 기대했을 뿐이다. 사실 나는 약간 신이 나 있기도 해서, 학교를 그만두고 군대에 가겠다고 했을 때 아버지가 그것만은 안 된다며 얼마나 펄펄 뛰었는지, 법 없이도 살 것 같던 그가 내게 어떻게든 인성검사에서 부적격 판정을 받으라고 얼마나 열성적으로 종용했는지(지율아, 외계인의 목소리가 들린다고 써라. 이상한 답변을 하는 것도 중요하지만 일관되게 하는 게 더 중요하다. 한 번 물어본 걸 나중에 문장을 뒤집어서 다시 물어보는데, 그때도 그 답을 써야 해) 하는 이야기를 웃으며 늘어놓았다. 결국 신경정신과 치료 경력과 작은 키, 그다지 좋지 않은 시력이라는 삼박자가 만들어낸 일종의 합작품으로서 공공근로요원이 되었다는 이야기도 털어놓았다. 훈련소에서의 일들이 걱정했던 것처럼 끔찍한 악몽으로 되살아나 매일같이 나를 괴롭혀대지는 않았다는 이야기를 할 때쯤엔 내 말투는 거의 무용담을 늘어놓는 것처럼 바뀌어 있었다. 상식적으로는 두세 명이면 꽉 찰 공간에 오십 명의 훈련병이 들어가 있었고, 사람들의 몸에서 뿜어나온 김 때문에 그곳이 사우나처럼 보였으며, 길어야 10초밖에 되지 않던 목욕 시간이 얼마나 큰 즐거움이었는지 모른다는 이야기를 하면서, 나는 은유의 표정이 별로 즐거워 보이지 않는다는 걸 깨달았지만, 역시 여자에게 군대 얘기는 별로인가,라고만 생각했다.

내 이야기를 다 들은 은유는 조금 웃고 나서, 너 알고 보니 되게 재수없다, 하고 중얼거렸다. 그런 엘리트 학교를, 그것도 의예과를, 그렇게 간단히 포기했단 말이야? 그렇게 말하면서도 그녀는 계속 웃고 있어서, 나는 별로 심각하게 생각하지는 않았다. 하지만 그날 이후 어떤 이야기를 할 때 은유는 종종 정말로 이해할 수 없다는 표정을 지어 보였고, 바로 곁에 있는 나를 수십 킬로미터 바깥에 있는 사람을 보는 듯한 눈으로 바라보기도 했다.

나로서는 그녀가 자신의 여행에 나를 초대해주지 않고 우리의 대화가 게스트하우스 골방에서만 이루어진

다는 점이 답답하고 서운했다. 그녀를 안는 일은 더없이 멋졌지만, 나는 그녀와 다른 일도 하고 싶었다. 은유를 만난 뒤로 시간이 흐를수록 사랑이란 현재를 존중하는 일이라고 생각하게 되었고, 이상한 형태로 계속 나를 주저앉히려는 기억들 사이에서 미래로 통하는 길을 열어줄 유일한 사람이 그녀라는 생각을 기도처럼 되풀이하게 되었으니까. 하지만 낮 동안의 그녀는 내게 여전히 매력적인 투숙객, 신비하면서도 어딘가 쓸쓸해 보이는 미소를 지닌 여행자일 뿐이어서, 나는 그녀를 만질 수도, 너는 내 거야! 하고 로비가 울리도록 소리칠수도 없었고, 그저 예의 바르게 방 열쇠를 건네받고 다시 건네줄 수 있을 뿐이었다.

그래서 나는 할 수 있는 일을 했다. 그녀를 이해하려고 노력한 것이다.

기억력이 약해진 이유로 특별히 짐작되는 게 있느냐고 내가 묻자, 그녀는 찾아내지 못할 거야, 그만둬, 하고 대답했다. '남들만큼 가난하고, 남들만큼 찌들었고, 그래도 희망을 가지려고 남들만큼 노력하는 사람들'. 그게 그녀가 요약한 자신의 가족이었다. 아버지는 힘들

게 살았지만, 어머니만큼 힘들게 살지는 않았고, 언니
는 꿈이 많았지만 결혼한 뒤 모두 잊은 것처럼 보인다
는 것이었다.

그게 다야?

그게 다야.

그녀는 한숨을 쉬더니 말을 이었다.

너는 사람을 한 줄로 간단하게 요약할 수 없다고 했
지. 하지만 정말로 한 줄로밖에 요약되지 않는 삶들도
있어. 우리 가족이 그래. 특별한 일들이 물론 있었겠
지만, 기억날 만한 일들은 아니었던 것 같아. 아버지가 직
장에서 무슨 일을 했고, 부모님 사이에 무슨 일이 있었
고, 언니가 편애를 받았나 받지 않았나, 그런 것들이 중
요할 거라고 생각해? 나는 그렇게 생각할 수가 없었어.
병원에는 안 가봤지만 나도 너처럼 무슨 선천적 이상
이 있는지도 몰라. 그래서 가족에 대한 추억이 별로 없
는 건지도 몰라. 하지만 반대로, 기억에 남길 만한 가치
가 별로 없었기 때문에 기억하는 게 없는 건지도 몰라.
나 자신에 대해서도, 가족에 대해서도 그래. 뉴스 사회
면에 자투리로 요약되는 삶이야. 팍팍하고, 가족의 생

존 외에는 생각하는 게 별로 없는 삶 말이야.

은유는 나를 외면한 채 이야기를 계속했다.

너는 사람의 결핍이 그 사람을 특별하게 만든다고 했지. 내 생각에는 그렇지 않아. 학교 다닐 때 왕따를 당했었어. 이유는 별거 아니었어. 내 이름이 예쁘다고 선생님들이 자꾸 출석을 불러댔거든. 그러고는 자리에서 일으켰어. 이런 말을 하면 너는 웃으면서도 그때의 내가 가엾다고 생각하겠지. 그런데 정작 내게는 그 경험이 특별하지 않아. 내가 사회로 나와서 만나본 사람 중에 어떤 식으로든 그런 따돌림을 당해본 적이 한 번도 없는 사람은 찾기 어려웠어. 다른 것들도 그래…… 집안에 돈이 없잖아? 다들 그래. 회사에서 월급을 안 주지? 어떤 자리에 나가도 그것과 비슷하거나 더 심한 일을 당하고 있지 않은 사람은 아무도 없었어. 집에 관한 기억이 없는 건 이사를 자주 다녀서였는지도 모르지. 하지만 요즘 안 그런 사람이 어디 있어? 그런 일들을 깊이 떠올리고, 그걸 특별하다고, 비극이라고 여기면서 어떤 기억을 추출해내려고 애쓰는 일이 내게는 수치스럽게 느껴져. 그래서 아무 이야기도 하지 않는 거야. 내가 아는 사람들도, 나도 그래. 말을 할 수가 없어. 말을 하는 사람들은 우선 살아남은 사람들이지. 살아남았고 목소리가 있는 사람들 말이야. 그래, 너처럼 A대 의예과 문턱이라도 밟아봤다거나.

그녀는 웃었다. 그러고는 덧붙였다. 나는 정말로 너무 평범해. 간신히 살아가고 있고, 그게 부끄럽다고. 내가 너라면…… 너는 왜 자기 능력을 좀 더 유용하게 사용하지 않는 거야? 나라면, 어떻게든 있는 힘을 다해서 그걸 쓸 텐데. 세상이 그렇게 만만한 곳이 아니잖아.

그 말을 듣고 나는 자리에서 일어나 앉았다. 처음으로 그녀에게 화가 났다. 나 자신과 부모님, 그리고 몇몇 사람들의 기억으로 이루어진 조그만 세계를 견디는 것만으로도 나는 힘겨웠는데, 그녀에게는 그런 싸움을 계속하는 내가 그저 여유를 부리고만 있는 걸로 보인 모양이었다. 서운했다. 은유의 입에서 나오는 '평범한 사람'이라는 말이, 거기 묻은 그녀의 수치심이 가시처럼 나를 찔렀다. 그녀는 내가 살아남은 사람이라고 했지만, 그녀에게 나는 실은 평범한 사람조차 되지 못했던 것이다.

내가 아무 말도 하지 않자 그녀는 한동안 내 침대에 누워 허공을 바라보고 있다가 스르르 일어나 자기 방으로 가버렸다.

*

연애는 잘돼가?

상현이 형이 그렇게 물었을 때 나는 조금 놀랐다. 드디어 올 것이 온 것인가, 잘리는 것인가 싶어 잠깐 아찔했지만, 다행히도 그건 아니었다.

그냥 네가 괜찮은지 궁금해서. ……은유 씨 말이야, 내가 보기에는 쉬운 타입은 아닌 것 같아. 이런 말 해도 될지 모르겠지만, 좀 사연 있어 보이는 얼굴이기도 하고 말이다.

나는 웃었다. 상현이 형치고는 엄청나게 말을 고른 거라는 생각이 들어서였다. 상현이 형은 여자들을 좋아했지만 여자들의 내면에는 크게 관심이 없었다. 형에게 여자는 'C컵' 아니면 'A컵'이었고, 그도 아니면 '궁극의 입술'이거나 '신이 내린 엉덩이'였다. 형은 자기보다 스무 살쯤 어린데다 특정한 외모를 지닌 여자들만—대부분 성형미인들이었다—좋아했다. 나로서는 그를 폄하할 처지가 전혀 못 됐는데, 한편으로는 경험의 절대량이 부족했고(형은 여행을 하는 동안 만났던 여자들의 사진을 보여주었다. 그럼 뭐 하냐, 메일 보낸다, 선물 보낸다고 울고 짜놓고는, 내가 한국에 들어온 뒤에는 아무도 아무 소식도 없어, 하고 한숨을 쉬면서), 다른 한편으로는 타인들을 피상적으로 대한다는 면에서는 내가 더하면 더했지 조금도 덜할 게 없다는 생각이 들어서였다. 어리고 예쁜 여자들에 대한 형의 노골적인 열광에는 최소한 인간적인 면이, 그러니까 그런 취향을 드러내면서 '어리고 예쁜 여자를 좋아하는 사십대 남자'에게 쏟아지는 무언의 비난을 당당히 감당하겠다는, 그래도 어쩔 수 없으므로 그것을 인정한다는 모종의 자긍심이 들어 있었다.

내게는? 나는 스몰 월드의 투숙객 대부분과 매일 반갑게 인사를 나눴고, 즐거운 표정으로 고생담을 들었고, 몇몇 사람들과는 메일 주소 같은 연락처를 주고받기도 했다. 그들의 이야기는 얼마나 근사했던가. 똑같이 단조로운 노동이기는 했지만 몇 년 전 주민센터에서

하던 일에 비하면 스몰 월드에서의 일이 꿈결 같았던 것도 그들의 이야기 때문이었다. 내가 아무리 도우려고 해도 짜증과 초조함을 얼굴에서 떼어버리지 못하던 민원인들과는 달리, 여행자들에겐 한국의 교통체증이나 이해하기 힘든 간판들조차도 티셔츠에 새겨 추억으로 남길 만한 수준의 불편함인 것 같았고, 그들은 매일 마술처럼 좋은 기억을, 새롭게 반짝이는 세계를 가방에서 꺼내 보였다. 나는 그들 무리에 끼어 네팔로, 런던으로, 제주도로, 교토로, 다시 상파울루로 여행을 하고, 함께 여권에 도장을 받고, 함께 축제를 즐겼다. 그런 기분이었다.

그러나 엄밀히 말하면 그들은 내게 '사람들'이 아니었다. 나는 손님들의 모든 말을 기억했고, 그것도 마치 내 경험처럼 생생히 기억했지만, 그것은 내게 우선적으로 데이터였다. 흘러넘쳐 질식을 일으킬 것 같은 내 기억을 눌러놓기 위한, '세계'의 대용품으로서의 정보였다. 내게 그들과 대화하는 일은 말하자면 부족한 섬유질을 보충하기 위해 채소를 섭취하는 일과 비슷했다. 먹지 않으면 안 되니까 먹는다. 내가 '나'로 가득 차 죽으면 안 되니까 듣는 것이다. 고등학교 때에서 달라진 게 별로 없었다. 책 속의 문장들이 사람들로 바뀌었을 뿐이었다.

그렇게 자조적인 생각이 언제나 드는 건 아니었지만, 그날 상현이 형을 마주 보고 웃으면서 카운터에 서 있자니 다시 그런 생각이 밀려와 마음이 어두워졌다. 나름대로 대단한 결심을 품고 독립이라는 것을 했고, 스스로 생활비를 벌고, 어느 정도 아버지를 부양도 하고 있었지만, 그 사실들에서 오는 자신감과는 별개로 내게는, 이런 식으로 세상을 살아도 괜찮은가 하는 의문이 변함없이 남아 있었던 것이다.

사람들과 관계를 맺지 않으면 세상을 살아갈 수 없다는 걸 알았지만, 나는 나쁜 것들은 떠안고 싶지 않았다. 게스트하우스라는 직종을 선택한 것도 사실은 그래서였다. 그 수많은 게스트들과 대화를 나누고 있으면 사람과 상호작용이 끊이지는 않으리라는 생각이 있었다. 손님들과는 친밀한 관계를 맺지 않고도 비(非)자전적 기억의 목록을 늘릴 수 있었고, 교복 주머니에서 삐져나온 생리대 같은 것을 보고 괴로워할 필요도, 내가 그 사람에게 한 실수나 잘못을 되풀이해 떠올리면서 스스로를 혐오할 이유도 없었다. 나는 스몰 월드를 일종의 재활 기관으로 이용하고 있었고, 그곳 로비의 카운터는 내가 마음대로 세워놓은 '세계'와 '나' 사이의 경계선이었다.

물론 당시의 나는 재활이 몹시 필요한 상태였으므로, 어떻게든 그런 자신을 긍정적으로 받아들이려고 애쓰고 있었다. 하지만 그녀, 은유가 내 삶에 들어와 압도적인 의미가 되고, 다른 모든 타인들과는 구별되는 방식으로 기억을 만들기 시작한 뒤로는 종종 그런 나에 대한 자괴감이 불쑥불쑥 솟아나곤 했는데, 나는 내게 어느 정도 이상으로는 자신을 보여주지 않는 그녀를 미칠 듯이 더 알고 싶으면서도, 동시에 절대로 더는 알고 싶지 않기도 했던 것이다. 그 두 마음은 정확히 똑같은 세기와 정반대의 방향을 지닌 힘이어서, 나는 어떤 날에는 카운터 일을 손에서 놓고 미친 척 그녀를 뒤따라가볼까 생각했고, 또 어떤 날에는 그 여행의 끝에서 내가 처음 보는 그녀의 얼굴을 발견하게 될까봐 두려움으로 온몸이 움찔거렸다.

있잖아.

응.

너는 내가 만나본 가장 특별한 사람이야.

사흘 만에 내 방문을 두드린 그녀는 그렇게 말했고, 나는 웃었다.

너는 내가 전에도 이런 말을 수십 번, 수백 번 반복했을 거라고 생각하겠지. 내가 한 모든 얘기 끝에 이런 말이 얼마나 농담처럼 들릴지도 알아. 그리고 내가 너 역시 쉽게 잊어버릴 거라고 네가 생각한다는 것도.

그렇게 생각 안 해, 나는 말했다. 정말로, 그런 생각은 이제 그만두고 싶었으니까.

너는 나에 대해 모든 걸 평등하게 기억하겠지? 좋은 것도, 실망스러운 부분들도 전부. 그렇지만 가능하면 좋은 점 위주로 떠올리려고 노력해줘. 그런 게 많지는 않겠지만, 혹시라도 있다면 말이야.

너야말로 나를, 재수없는 인간 말고 다른 걸로 좀 기억해줬으면 좋겠는데.

내가 그렇게 말하자 은유는 웃었다. 그녀는 내게 입을 맞추고, 나를 기억해줘, 잊어버리지 마, 하고 속삭였다.

잊을 수가 없지 않겠어?

내가 말했고, 그녀는 알아, 농담이야, 그렇게 들릴 듯 말 듯한 목소리로 중얼거렸다.

*

오랜만에 받는 상담이었다. 게스트하우스 이야기를 꺼내자 의사는 흥미로운 표정으로 귀를 기울였고, 짐작한 것보다도 훨씬 잘하고 있네요, 하고 칭찬했다. 나는 은유에 관해서도 이야기했고, 내가 그녀를 사랑하는 것 같다고, 그렇지만 그녀와 함께 있을 때도 여전히 다른 사람들이 떠오르고, 그보다는 그녀와 잘되지 않을 것 같다는 생각이 더 자주 떠오른다고 사실대로 털어놓았다.

의사는 그건 죄책감을 가질 일이 아니라고 했다. 나와 같은 사람들이 타인과 특별한 관계를 맺기 위해 보통 이상의 에너지를 필요로 하는 것은 사실이지만, 그건 나만의 문제가 아니고 상대방이 얼마나 진실한가 하는 문제이기도 하다고.

그는 내 검사 결과를 테이블에 펼치고 하나씩 짚어가

며 설명을 시작했다. 사실 설명은 불필요했다. 내 기억
력은 나이를 먹지도 빛이 바래지도 않아서, 내게는 다
섯 번째 의사인 그가 첫 상담 때 테이블에 놓아두었던
구취 제거제 병의 모양과 색깔에서부터, 그가 상담 시
간 틈틈이 전화로 자신의 딸과 주고받던 짧은 대화들
(괜찮아, 영어학원 레벨테스트에서 떨어졌다고 인생이 끝난
건 아니야), 그가 그동안 바꿨던 모든 안경테, 그의 머리
카락이 언제 말끔하게 빗겨 있었고 언제 엉망으로 뻗쳐
있었는지까지 고스란히 남아 있었던 것이다. 그의 딸은
이제 대학에 들어갔고, 변하지 않은 것은 오직 나뿐이
었다. 내 유년의 기억 대부분을 이제는 장기기억 카테
고리에 넣을 수 있을 것 같다고 그는 말했다. 검사 결과
중 뜻밖인 것은 높은 우울지수였는데, 기억을 통제하려
고 무리하게 노력한 나머지 우울감이 상승한 것일 수
있다는 설명이 뒤따랐다.

기억과 관련된 일을 할 생각은 여전히 없나요?

없다고 대답했다. 나는 학생으로 지내는 동안 상상
과 연상이라는 기법을 통해 이미 일종의 기억술을 터득
한 것이나 다름없었다. 그것을 계속 연마해도 초기억의

완전함에는 도달할 수 없겠지만, 늦게나마 쇼 프로그램에 출연해 기인으로 유명세를 떨치거나, 특별한 종류의 입시학원에서 기적을 일으키는 강사로 활약할 수는 있을지도 몰랐다. 나와 비슷한 많은 환자들이 그런 방식으로 세상에 자리를 마련하고, 기억의 괴로움을 즐겁고 유용한 삶의 방편으로 바꾸어 살고 있다는 것을 알고 있었다. 나는 이제 스물여섯 살이었고, 증상이 최초로 나타난 시점부터 15년을 지켜보았지만 기억 능력에 큰 변화가 없었으므로, 의사로서는 그 시점에서 나름대로 현실적인 제안을 한 것이었다. 다시 돈이라는 문제가 떠올랐지만, 나는 여전히 그 제안이 달갑지 않았다. 더 이상 무언가를 세계라고 믿으며 외우고 싶지 않았다. 보통 사람이 되어 평범하게 살고 싶다는 목표를 아직도 버릴 수가 없는 자신이 좀 신기했지만, 은유를 생각하면 더더욱 그런 사람이 되고 싶었다.

　내 말을 끝까지 들은 의사는 신중한 태도로, 미국에서 개발되어 장기간의 임상실험을 얼마 전 최종적으로 끝냈다는 약 이야기를 꺼냈다. 그 약의 정식 명칭은 길고 복잡했지만 애칭은 오브(Ob)였는데, 아마도

'oblivion'에서 온 것 같았다. 〈이터널 선샤인〉이라는 고전 영화를 본 적이 있느냐고 그는 물었고, 나는 그렇다고 대답했다. 그건 나로서는 두 배로 잊기 힘든 영화였다. 내가 잠시 생각에 잠기려는데, 그 영화에서처럼 되지는 않을 거예요, 하고 의사가 웃으며 말했다.

인간의 기억을 그런 방식으로 선택해 지울 수 있는 방법은 지금도, 앞으로도, 아마 없을 겁니다. 그런 게 개발된다고 해도 윤리적인 위험이 너무 크고요. 오브는 그런 일을 해주지는 않을 거예요. 혹시 예전에 프로프라놀롤(Propranolol)을 복용해보신 적이 있습니까?

있었다. 난독 증상이 가장 심하던 때에 몇 개월간. 그것은 트라우마에 해당하는 기억이 떠오를 때 두렵고 고통스러운 정서를 완화해주는 베타 차단제로, 연주자와 배우, 연설자들의 무대 공포증에도 효과가 있는 것으로 알려진 약물이었다. 그러나 내게는 큰 효과가 없었다. 두통과 숨이 막힐 것 같은 느낌이 아주 조금 줄어들긴 했으나 많이는 아니었고, 기억의 생생함이 조금 덜해졌을 뿐 그것이 떠오르는 일 자체를 막아주지는 못했다. 무엇보다 나를 괴롭히는 것은 트라우마에 해당하는 나쁜 기억들만은 아니었다. 내게는 '모든' 기억이 문제가 되었으니까. 내가 그렇게 대답하자 의사는 말했다.

오브는 기억의 침투에 불을 붙이는 호르몬 수치를 낮춰준다는 점에서는 프로프라놀롤과 비슷해요. 하지만 더 많은 종류의 호르몬을 통제하고, 영향을 미치는 기억의 범위도 그만큼 넓습니다. 그 약은 우선 기억이 마구잡이식으로 인출되는 현상을 큰 폭으로 줄어들게 해줄 거예요. 변화는 조금씩, 아주 서서히 나타날 텐데, 어떤 기억이 쉽게 떠오르고 어떤 기억이 차단될지는 알수 없어요. 이것 또한 위험한 일이 아니라고는 할 수 없죠. 그래서 실험 대상을 선정하는 단계에서부터 오직 망각에 대한 확고한 의지가 있는 환자들만 대상이 됐어요. 10년이 넘게 걸렸고, 최근에 결과가 나왔어요. 복용한 사람들의 98퍼센트가 약효에 만족한다는 의사 표시를 했습니다. 10년 전과 비교해 자신의 삶이 행복해졌다고 느낀다는 답변은 64퍼센트예요. 명백히 높은 수치라고 할 수 있지요.

얼마나 많은 환자들이 복용하고 있느냐고 나는 물었다. 절반쯤이에요, 의사는 대답했다. 나머지 절반은 과잉기억 상태를 유지하는 쪽을 택했어요. 괴로워도 그 편이 의미가 있다고 생각한 거지요.

지금 당장 대답할 필요는 없다고, 충분히 생각하고 결심이 서면 연락을 달라고 그는 말했다.

*

한때 나는 한 사람의 이름으로 시작하는 수많은 사실들의 리스트를 지니고 있었다. 그건 내 마음속 가장 내밀한 곳에 나만 알아볼 수 있는 방식으로, 때로는 빛깔과 모양으로, 때로는 소리로, 때로는 냄새와 맛과 손가락 끝의 느낌으로 기록되어 있었다. 영원히 끝나지 않고 사라지지도 않을 그 리스트를 나는 축약할 필요가 없었고, 그것을 어떤 의미로 정리할 필요도 없었다. 그런 일은 그 사람과 작별한 뒤에나 필요한 것이었으므로.

지금 그것은 원래와는 조금 다르게, 감각 그 자체보다 불완전하고 앙상하며 사실이라고 단언할 수도 없는, 문장들이라는 형태로 남아 있다. 그 리스트는 이렇게 시작된다:

은유는 서른 살이었고, 조그만 코와 깊은 눈과 가느다란 눈썹을 지니고 있었다.

키는 160이라고 했지만 내가 보기에는 158센티미터쯤 되는 것 같았다. 누나라는 호칭을 싫어해서, 내가 몇 번 그렇게 부르자 그러지 말아달라고 했다. 3센티미터쯤 되는 힐을 즐겨 신었고, 부츠컷 바지가 잘 어울렸으며, 그런 자신이 싫다고 하면서도 분홍색을 좋아해서 휴대폰 케이스도, 노트북도, 지갑도 분홍색으로 맞춰 들고 다녔다. 목소리는 나직한 톤에 가까웠고, 말하는 속도는 느렸지만, 종종 작은 새가 재잘거리듯 빠르게 중얼거리기도 했다. 팔다리가 길었고, 아무리 봐도 뚱뚱하다고는 할 수 없는 몸매였지만, 입버릇처럼 다이어트를 해야겠다고 말하곤 했다.

그녀는 아름다웠다. 설명하기 힘든 방식으로. 가슴이 아플 정도로.

산을 싫어하고 바다를 좋아했다. 고양이를 좋아했다. 특히 노란색 줄무늬가 있는 치즈태비를.

내 요리를 좋아했다. 그중에서도 완탕수프와 떡국을 좋아했다. 스몰 월드의 아침식사 가운데 내가 만드는 메뉴가 한정돼 있다는 사실을 안타깝게 여겼다. 불러 주기만 해, 요리는 얼마든지 해줄 수 있어, 내가 그렇게 말하면 웃으면서 시선을 피했다.

가끔씩 주위 상황이나 맥락을 놓쳐서 말실수를 하는 자신이 싫다고 했다. 한번은 뇌수술을 받은 지인의 병문안을 갔다가, 지내기는 좀 괜찮으세요? 불편한 점은 없으세요? 하고 물었다고 했다. 그 환자는 바늘처럼 생긴 금속관 여러 개를 머리에 꽂은 채 그야말로 간신히 앉아 버티고 있었는데, 그녀는 순간적으로 눈앞의 상황을 까맣게 잊어버려 그런 질문을 했다는 것이었다.

싫어하는 사람들 얘기를 할 때면 입이 거칠어졌다. 사회 문제에 관심이 많았고, 자신의 삶이 너무 시시해서 의식적으로 그런 쪽에 관심을 가지려고 노력했다고 했다. 하지만 그런 사람치고는 심한 흑백논리를 지니고 있다는 게 그녀가 생각하는 자신의 영원한 단점이었다.

몇 년 전에 여길 지나친 적이 있어. 지난번 총선 무효 시위가 일어났을 때 말이야. 시위에 같이 나간 친구 집이 이 동네여서, 끝나고 이리로 와서 저녁을 먹었거든. 그때 135는 아직 생기기 전이었고, 굿 프렌즈는 지금보다 작았던가 그래. 종일 광화문대로에 서서 밀리고 밀리다가 이 동네로 왔는데, 게스트하우스들이 나란히 늘어서 있고, 환한 조명이 켜져 있고, 노천 카페에 사람들이 한가로운 표정으로 앉아서 맥주를 마시고 있더라. 순간적으로 이 동네, 진짜 밥맛이라고 생각했어. 외국인이든 관광객이든 뭐든, 죄다 생각 없는 사람들처럼 보였고, 저쪽에서는 사람들이 경찰 곤봉에 얻어맞고 있는데 이 사람들 뭐야, 머저리야? 그렇게 생각했어. 웃기지? 그날 난 아마 집에 돌아가자마자 내가 들고 있던 피켓에 뭐라고 써 있었는지도 잊어버렸을 거야. 그런 게 나야.

은유는 자주 자신을 부끄러워했다. 그런 면이 연애에는 별로 도움 되지 않는 방향으로 나를 자극하기도 했지만, 그건 다른 누구에게도 없는 그녀만의 특징이었다.

꼭 한 번 나와 함께 여행을 했다. 택시를 타고, 골판지로 된 작은 상자를 가슴에 안고, 오래오래 차창 밖을 내다보았다.

*

어느 날 그녀가 내 방에 낡은 책 한 권을 가지고 왔다. 검은 표지로 된 그 책의 제목은 '픽션들'로, 호르헤 루이스 보르헤스 전집의 두 번째 권이었다. 표지에는 옛날식 테블릿, 어쩌면 내가 이름을 알지 못하는 그래픽 프로그램으로 그린 듯한 커다란 검은색 X자와, 새 같기도 하고 웅크린 사람 같기도 한 검은색 얼룩이 있었고, 모이 같기도 하고 흩어진 모래처럼 보이기도 하는 보라색 점들이 뿌려져 있었고, 태양으로도 눈동자로도 보이는 붉은 점이 그려져 있었으며, 일부러 아무렇게나 쓴 것 같은 손글씨로 제목이 들어가 있었다.

무슨 책이냐고 내가 묻자 그녀는 조금 상기된 얼굴로, 오랜만에 집에 갔다가 발견했어, 여기 너랑 좀 비슷한 사람이 나오는 것 같아, 하고 대답했다.

그게 누군데?

〈기억의 천재 푸네스〉라는 단편이야. 읽어봐.

은유가 내게 책을 내밀었다. 나는 그것을 받아들었지만 펼치지는 않았다. 나는 읽을 수가 없는데, 그렇게 말하면서 조금 부끄러웠던 기억이 난다.

아직도? 전혀 읽을 수가 없는 거야?

아마도.

어휴…… 그럼 들어봐, 내가 읽어줄게.

그녀는 그렇게 말하고, 침대에 올라가 편한 자세로 자리를 잡았다.

읽어준다고?

읽어주는 것도 안 돼?

모르겠어.

한번 들어보기나 해. 참고로 이건 민음사 판본이고, 1판 1쇄는 1994년에 나왔어.

1994년?

응. 놀랍지 않아? 내가 갖고 있는 건, 보자, 1판 31쇄래. 먼지를 잔뜩 뒤집어쓰고 집에 굴러다니고 있더라.

그렇게 오래된 책을 어디서 구했어?

모르겠어, 그냥 집에 있었어. 책장이 부스러질 것 같네.

나는 바닥에 앉아 침대 매트리스에 머리를 기대고 그녀가 읽어주는 것을 들었다. 주의를 기울여 들으라는

뜻인지 그녀가 단어 하나하나를 천천히 힘주어 읽어나
갔기 때문에 낭독은 생각보다 길어졌고, 나는 안 되겠
다고, 너무 졸린다고 애원했다. 은유는 다음날 다시 그
책을 펼쳤고, '어둠 속에서 푸네스의 목소리는 계속 말
을 하고 있었다'라는 문장부터 이어 읽었다.

낭독이 끝나지 그녀는 어때, 마음에 들어? 하고 물
었다.

이 사람은 나랑은 좀 다른데.

알아. 그래서 마음에 드냐고, 안 드냐고.

나는 그녀를 안았다. 그녀의 두 눈 위에, 입술에 키스
했다.

*

무언가 달라지고 있다고 느껴지기 시작한 건 약을 복
용한 지 2년이 지나서였다.

제일 먼저 사라진 건 날짜들이었다. 기억들은 그 자
리에 그대로 있었지만, 그것이 몇 월 며칠의 기억이었
는지 알려주는 이름표들이 일제히 떨어져나가기 시작

한 것이었다.

아주 어릴 때는 날짜라는 개념을 알지 못하지만, 유년기의 어느 시점을 지나면 사람은 누구나 날짜를 의식하는 삶을 살게 된다. 책상 위에는 탁상달력이 있고, 컴퓨터 화면 한구석에도 그날의 날짜가 큼직하게 표시되어 있다. 나로서는 그것들을 쳐다보지 않기 위해 노력하는 일이 만만찮은 고역이었다. 예를 들어 5월 6일이라는 날짜를 보거나 들으면 초등학교 이후 내가 보낸 모든 5월 6일의 기억들이 순서대로, 역순으로, 또 때로는 마구 뒤섞여 떠올라 현재를 뒤덮어버렸다. 나는 날짜들을 피하려고 실눈을 떴지만 결국에는 늘 그것들에 오염되곤 했다. 그런데 그 일이 멈추자 그것만으로도 숨통이 트이는 기분이었다.

다른 변화도 일어나기 시작했다. 오브는 기억을 한 무더기씩 통으로 날려버리는 약이 아니었다. 의사가 말한 것처럼 그것이 하는 일은 기억을 없앤다기보다 기억의 통제를 돕는 것에 가까웠다. 내 의지와 상관없이 내게서 기억을 마구 *끄*집어내던 단서들이 하나씩 힘을 잃었다. 길에서 울고 있는 사람을 봐도 더 이상 울고 있던

'모든' 사람의 기억이 떠오르지 않았다. 그런 식으로 기억의 인출이 비활성화되는 것은 기억을 잃는 것과는 다른 일일까? 나는 뇌과학 전문가도 철학자도 아니므로 대답하기 어렵다. 분명한 건 기억이 예전처럼 '폭발'하거나 '부비트랩'처럼 가동되거나 '미쳐 날뛰는' 일들이 차츰 줄어들었다는 사실이다. 그건 내가 정말로 원하던 일이었다.

오브를 복용하기로 마음먹었을 때 나는 여러 가지를 바라고 있었다. 더 이상 안전하고 작은 세상에 머무르고 싶지 않았다. 나는 무엇이 옳은 것인지 혹은 그른 것인지 알고 싶었고, 세상을 채우는 많은 일들에 대해 설령 틀리거나 편향된 것이라 해도 나 자신의 의견을 갖고 싶었다.

기억이 만들어낸 내 머릿속의 이상한 균형을 도덕의 부재에 대한 핑계로 더 이상 내세우고 싶지 않았다. 사람들의 행위 자체가 갖는 의미를 알고 싶었다. 뉴스에서 범죄자를 보면, 그 사람의 삶에 수없이 많은 다른 날들, 선량하고 무고하며 온화했던 나날들이 숨어 있으리라는 사실을 먼저 떠올리는 게 아니라 그가 저지른 범

죄 행위 그 자체에 초점을 맞추는 사람, 그래서 피해자의 고통에 먼저 공감할 수 있는 사람이 되고 싶었다. 선행을 하는 사람들의 경우에도 마찬가지여서, 그들이 지나왔을 다른 날들을 상상하고 의심하느라 그 행동의 의미를 퇴색시켜 받아들이고 싶지가 않았다.

영원하지 않은 것들의 애틋함이 무엇인지 알고 싶었다. 늘 그 자리에 있을 것 같던 늙은 나무가 잘려나가거나, 추억의 장소들이 문을 닫았을 때 슬퍼하는 사람들을 이해할 수 있게 되었으면 했다. 내게 그런 슬픔은 '인간'의 표지처럼 느껴졌다. 나는 머릿속에 내가 가본 모든 장소를 언제까지나 담아둘 수 있었기에 그곳들을 그렇듯 소중하게 생각해본 적이 없었다.

마지막으로, 은유에게 더 좋은 사람이 되고 싶었다. 그녀를 사랑하는 데 걸림돌이 되는 모든 불필요한 과거를 망각이라는 순리에 맡기고, 본래 그것들이 가야 했던 곳에 돌려놓고 싶었다. 나는 은유를 사랑했고, 잃고 싶지 않았으니까. 그렇지만 이 모든 소망들은 얼마나 오만한가. 얼마나 절박하고, 얼마나 진실이며, 또한 얼마나 허위에 가득 차 있는가.

*

　어느 날 아침 눈을 뜬 나는 평소처럼 식당으로 내려
갔다. 세팅을 다 끝내고 손님들을 맞았고, 그들과 함께
식사를 했다. 그날 출국하는 마거릿이 자신은 다 읽었
고 아무래도 가방이 무거워서 두고 가야겠다며 페이퍼
백 몇 권을 나눠주고 있었다. 아버지가 스님이라는 후
지이 상은 전날 다녀온 신촌의 봉원사와 자기 고향에
있는 절들을 비교해 설명해주었다.

　아침식사 시간이 다 끝날 때까지 은유는 식당에 내려
오지 않았다. 그즈음 우리는 예전처럼 매일 함께 잠들
지는 않아서, 그녀는 이틀이나 사흘에 한 번씩 내 방에
왔고 나머지는 7호실의 자기 침대에서 잤다. 전날 밤,
은유는 자기 방으로 자러 가면서 잘 자, 하고 보통 때와
다름없이 다정한 인사를 건넸었고, 나는 그녀가 늦잠을
자고 있겠거니 생각했다.

　은유 씨, 전화 받고 아침에 나가던데. 좀 이상했어. 뭐
라고 소리를 치더니, 막 달려나가더라고. 택시 잡으려
고 서 있는 뒷모습을 봤어. 우는 것 같던데.

상현이 형이 걱정스러운 표정으로 말했다. 나는 서둘러 설거지를 끝내고 전화를 걸었다. 신호는 가는데 받지 않았다. 별일 아닐 거라고 생각했지만 마음은 이미 초조해져서, 체크아웃하는 투숙객 한 명의 카드를 몇 번이나 잘못 긁었다.

7호실, 그녀의 침대 옆에는 캐리어가 그대로 놓여 있었다. 채워진 자물쇠도 그대로였다. 펜치를 가지고 와서 그것을 비틀어 열고 싶다는 생각이 잠깐 들었다. 하지만 물론 그러지는 않았다.

그녀는 그걸 가지러 돌아올 생각이 없는 것 같았다.

전화는 일주일이 지나도록 연결되지 않았고, 나중에는 꺼져 있었다. 계속 메시지를 보내도 답이 오지 않아서 나는 투숙객 카드에 적힌 그녀의 주소를 떠올렸다. 상현이 형에게 양해를 구하고 게스트하우스를 나와 버스를 탔다.

마포구 연남동 D아파트였다. 다른 사람도 아닌 내가 동과 호수를 잘못 기억할 일은 없었다. 그런데 벨을 누르자 나온 아주머니는 그곳에 그런 사람은 살지 않는다고 하는 것이었다. 이사 온 지 5년이 넘었다는 말을 듣자 달리 할 수 있는 일이 없어서, 놀이터 벤치에 멍하게 앉아 한 시간쯤을 흘려보내고 게스트하우스로 돌아왔다.

그 한 시간 동안 내가 무엇을 생각하고 있었는지 기억한다. 괜찮다고 생각했던 것 같다. 별일 아닐 거라고, 무슨 일이 있는지는 모르지만 은유는 돌아올 거라고, 돌아오면 뭔가 따뜻한 걸 만들어서 대접해주어야겠다고, 마음을 다잡으려고 했던 것 같다.

그 생각은 오랫동안 이어졌다. 한참의 시간이 더 지난 뒤에 그녀가 결국 전화를 받고, 사정이 있어서 지금 당장은 갈 수가 없다고 먹먹한 목소리로 말했을 때에도, 미안해하며 진짜 주소를 알려주었을 때에도, 나는 미안해할 사람은 그녀가 아니라 나라고 생각했다. 아무것도 잊지 못하는 내 머리가 아니었다면, 그녀는 조금 더 자연스럽게 자신을 드러낼 수 있었을 것이고, 무언가를 숨길 필요도 없었을 테니까.

그녀의 집은 서울에서 한 시간 반쯤 걸리는 곳에 있었다. 지하철을 두 번 갈아타고 노선의 끝까지 갔다. 지하철역에서 나온 뒤에는 마을버스가 없어서 20분쯤 걸어야 했다. 육교를 건너고 다시 길을 두 번 건넜다.

지은 지 오래되어 보이는 아파트였다. 바로 옆에 주
상복합 건물이 서 있었는데, 그곳의 상가들은 장사가
되지 않는지 평일 대낮인데도 셔터가 내려져 있었다.
아파트 복도 곳곳에는 거미줄이 걸려 있었고, 엘리베이
터 거울에는 암회색 먼지가 이끼처럼 끼어 있었다. 벨
을 누르자 문이 열렸는데, 오랫동안 환기를 하지 않은
듯한 공기와 함께 스산한 기운이 스며나왔다. 집 안은
어두웠고, 바닥에는 뭔가 자잘하고 오톨도톨한 알갱이
들이 깔려 있어 발에 밟혔다. 내게 문을 열어주고 나서
은유는 거실로, 수없이 많은 물건들 사이로 돌아가 앉
았는데, 아무리 기다려도 그녀의 얼굴이 나를 향하지
않아서 나는 어쩔 수 없이 그녀 주위에 있는 것들로 시
선을 돌려야 했다.

상자에 반쯤 싸다 만 짐들이 있었다. 그런 상자가 열
댓 개쯤 됐다. 거실 벽에는 표면이 하얗게 뜯기고 날카
로운 무언가에 찍힌 자국이 여기저기 난 사진—인물들
은 다 뜯겨나갔으나 어떻게 해도 그것이 결혼사진이라
는 사실을 알아보지 않을 도리는 없었다—이 담긴 액

자가 걸려 있었고, 거실 탁자에는 법원에서 온 것으로 보이는 서류들이 놓여 있었다. 싱크대에는 설거지를 하지 않은 그릇들이 그득했다. 화장실 변기에는 검푸른 곰팡이가 떠 있었고, 수도를 틀자 퍽 소리와 함께 녹물이 쏟아져나왔다.

은유 앞에는 고양이 한 마리가 누워 있었는데, 몸집이 작고 바싹 마른 노란색 줄무늬 고양이였다. 숨이 끊어진 지 얼마 되지는 않았는지 아직 몸이 따스했다. 나는 우선 동물병원에 연락하는 게 좋겠다고 말했지만, 마음이라는 게 빠져나간 사람처럼 그녀가 아무 표정 없이 가만히 앉아 있을 뿐이어서, 결국 내가 전화를 했다. 병원에서는 반려동물의 장례를 치러주는 업체를 소개해주었고, 나는 고양이를 상자에 담고 택시를 불렀다.

화장장에서 고양이가 재로 변하고, 작은 유골 항아리에 담겨 나올 때까지 은유는 울지 않았고, 아무 말도 하지 않았다. 그러나 그것을 받아드는 순간 그녀는 울기 시작했다. 어떻게 해도 진정시킬 수가 없었다. 댐이 무너지는 것처럼 그녀의 얼굴이, 무릎이, 몸 전체가 울컥거리며 흘러내리기 시작해서, 나는 그녀를 끌어안았다. 그 순간만큼은 세상에서 가장 강한 사람이 나였으면 했다.

젖먹이 때부터 기른 고양이였어.

먹이와 물을 주고 화장실을 치워주어야 해서 이틀이나 사흘에 한 번씩은 집에 왔었는데, 마지막으로 안아준 게 언제였는지 기억이 나지 않는다고 은유는 말했다. 나중에는 아는 사람에게 방문 탁묘를 부탁했는데, 그 사람에게도 사정이 있었고, 연락을 받고 돌아와 기운이 없어진 고양이를 발견하고 병원에 입원시켰을 때는 이미 너무 늦어 있었다는 것이었다. 수없이 수액 주사를 맞히고 거품침을 닦아내도 증세가 나아지지 않아서, 이제 그만 편하게 보내주자는 이야기를 듣고 집으로 데려온 것이 그날 아침이었다고 했다.

나 때문이야. 집에 들어가고 싶지 않아서 잘 안 왔었거든. 저 아이 때문에 그 무덤 속 같은 집을 오가야 하는 것 같아 답답했어…… 그래도 그러면 안 됐는데, 내가 방치했어. 내 고양이였는데. 그렇게 사랑했는데……

은유가 눈물을 흘리며 중얼거렸다. 이혼 절차가 오래전에 끝났고 같이 살던 사람은 집을 떠났지만, 부동산에 내놓은 지 반년이 다 되도록 집이 나가지 않았고, 집을 보러 찾아오는 사람들도 없어서 그녀는 새집을 알아볼 수도, 어딘가로 거처를 옮길 수도 없었다. 가족과는 사이가 멀어진 지 오래였으므로 그녀로서는 그 폐허 같은 집의 현관문이 간단한 손동작만으로 쉽게 열린다는 사실, 그러나 자신이 그곳에 갇혀 나갈 수가 없다는 사실을 매일 새롭게 인식하며 버티는 것만이 유일하게 할 수 있는 일이었다. 결국 그녀는 가방을 꾸려 집을 나섰고, 찾아낸 곳이 게스트하우스였다.

거기 있으면 내가, 아무 일도 겪지 않은 사람인 것 같았어.

나는 가만히 듣고 있었다. 그런 식으로 시간을 보내야 하는 것이 얼마나 처참한 일이었을지 나로서는 짐작할 길이 없어서, 그저 그녀를 안은 팔이 풀리지 않도록 힘을 넣는 것이 할 수 있는 최선이었다.

나는 은유를 데리고 그 집으로 돌아갔다. 기운을 차리지 못하는 그녀를 방에 눕히고, 거실과 욕실과 부엌을 청소했다. 문을 연 슈퍼마켓을 찾아 장을 봤다. 거창한 요리는 할 수 없었지만 간단한 스튜 정도는 만들 수 있었고, 그녀는 그것을 반쯤 먹었다.

그녀는 몰랐겠지만, 그 모든 일들을 하는 동안 내 마음속은 이상한 열기로 가득 차 있었다. 그건 이런 것이야말로 바로 사랑이고, 나는 이제야 제대로 된 사랑을 하는 사람이 된 거라는 자부심이 만들어낸 열기였다. 은유가 어떤 사람이었든, 어떤 사람이든 상관없다고 나는 생각했다. 이 모든 일들은 내 뇌의 특정한 부분에 잊을 수 없는 형태로 새겨지겠지만, 내 마음에는 사랑할 수 있는 더 강한 힘이 있어서, 그녀를 결코 잊어버리지 않을 거라고 믿었다.

그런데 나는 왜 그녀와 헤어지게 된 것일까.

그녀가 그 뒤에 무슨 잘못을 했던 것일까? 아니면 내가 했을까? 우리가 싸웠었나? 내가 은유를 대신해 직거래 사이트에 그녀의 집을 사진 찍어 올리고 이런저런 설명을 덧붙였던 일, 그 두 달쯤 뒤에 그 집에 살겠다는 세입자가 나타나서 그녀가 다시 한번 울었던 일, 이사를 도와주었던 일—그녀는 스몰 월드 근처에 작은 원룸을 구했고 그 방의 아담한 분위기는 내 마음에도 들었다―, 그리고 휴가를 얻은 내가 은유의 새집에서 예전과 다름없이, 어쩌면 예전보다 다정하게 그녀와 요리를 해먹고 서로를 안았던 일들은 기억나는데, 우리가 어쩌다가 헤어진 것인지, 그 이유는 동그랗게 도려낸 것처럼 지금의 내 머릿속에는 없다.

오브 때문일까? 그 약은 분명 내게서 많은 기억을, 정확히 말하자면 기억이 끝없이 되살아나는 염증 같은 상태를 가져갔고, 나를 자유롭게 해주었다. 그러나 의사가 말한 것처럼, 그리고 지금 내가 그렇게밖에 평가할 수 없는 것처럼, 그 약이 망각을 아주 조금만 도와주는 보조제이고, 어떤 것을 기억하고 기억하지 않을지 하는 선별은 본질적으로 내 마음속에서 일어난 것이라면, 왜 나는 은유와 내가 헤어진 이유를 기억하지 못하는 것일까.

은유가 새집으로 이사하고 며칠이 지나, 나는 그녀에게는 비밀로 하고 그 약을 복용하기 시작했다. 오직 그녀 때문만은 아니었다. 그러나 그녀라는 이유도 분명히 있었다.

나 역시 바랐던 것이다. 그녀가 아무 일도 겪지 않은 사람이기를.

은유가 살던 그 낡은 집과 그녀의 죽은 고양이가 떠오를 때마다 나는 시간이 지나면 그것이 내 머릿속에서 사라질 거라고 생각했고, 오브가 그 일을 도와줄 거라고 믿었고, 그러면서도 그런 생각을 하는 나 자신을 부끄러워했던 것이다. 그러나 지금의 나는, 내가 잊고 싶어 한 그 집의 세부는 그토록 구체적으로 기억하면서도, 새집에서 그녀와 내가 어떤 계획들을 세웠는지, 무슨 이야기를 나눴는지, 그 뒤에 우리에게 무슨 일이 있었는지는 알지 못한다. 여전히 내 안에 존재한다면 그 기억들은 아마 내 두뇌의 가장 깊고 어두운 곳, 웃음도 목소리도 닿지 않는 어딘가에 있을 것이다.

*

나는 한때 그녀의 이름으로 시작하는 기억의 리스트에 마지막이 존재하지 않을 거라고 믿었다. 하지만 그건 사실과 달라서, 그 리스트는 이렇게 끝난다:

은유는 특별한 사람이었다.

나를 찌르던 그녀의 모든 말과, 나를 달콤하게 감싸

던 그녀의 모든 미소가 내게는 대체 불가능한 것이었다. 그녀는 내 비밀을 알고 이해하려 한 유일한 이성이었고, 내가 사랑하려고 진지하게 노력한 첫 번째 사람이었다.

나는 지금 거짓 없이, 어려움을 느끼지 않고 이 말을 할 수 있다. 내 곁에는 이제 그녀가 없고, 그녀의 어떤 부분들 역시 영원히 나를 떠났으므로.

그 일요일, 나는 결국 그녀에게 전화를 걸지 못했다. 물론 그렇게 생각하고 싶지는 않았지만, 내가 그녀에게 결코 기억하고 싶지 않은 사람, 마지막에 어떤 치명적인 실수를 저질러 그녀의 마음을 영영 파괴해버린 사람이 아니라고 어떻게 장담한단 말인가?

내가 받아 적은 〈기억의 천재 푸네스〉는 원본과는 많이 달랐다. 분명 그 문장들은 내 머릿속에서 방금 들은 것처럼 생생하게 떠올랐고, 아마도 그녀의 목소리로 된 기억이어서 다른 것들이 흐릿해진 뒤에도 온전한 형태로 남아 있을 거라고 생각하며 기쁘게 받아 적었는데, 원본과 대조해보니 나는 그 텍스트 가운데 오직 여남은 개의 문장쯤만 제대로 기억하고 있을 뿐이었고, 오류는 일일이 표시할 수도 없을 만큼 많았다. 내가 상상으로 채워넣은 나머지 문장들은 거의 창작이나 다름없었다. 그 종이를 계속 보고 있는 동안 용기는 조금씩 사라져 갔다.

그 뒤로도 연락을 하고 싶다는 마음은 몇 번이나 불쑥불쑥 일어났지만, 가게가 어느 요리 프로그램에 소개되어 갑자기 손님들이 몰려드는 바람에 정신을 차릴 수 없는 상태이기도 했고, 어느 날 마감을 하고 오랜만에 술을 마시다가 그녀의 이야기를 짧게, 그저 그런 사람이 있었다는 정도로만 털어놓았을 때, 경혜 씨와 송 아주머니가 한 이야기―남자들은 잘 모르는 모양인데 그런 식으로 옛날 여자에게 불쑥 연락하는 거, 굉장히 한심한 짓이야―도 마음에 걸렸다. 나 스스로도 어머니의 죽음이 왜 그녀를 떠올리게 했는지 생각을 정리하는 일이 필요해서, 몇 달쯤 생각에 잠긴 채 묵묵히 일에만 몰두했던 것 같다.

평범한 사람으로 살고자 한 내 선택의 결과를 다른 누구의 탓으로 돌릴 여지는 없었다. 나는 그것이 무엇을 의미하는지 알지 못하면서 망각에 막연한 환상을 품었고, 찾아 헤맸고, 결국 그것을 얻었다. 내 환상과는 달랐지만, 그것은 내게 와서 할 일을 제대로 했다. 한 시절이 그렇게 영원히 사라져가고 있었다. 사라졌는지도 몰랐던, 그러다 거짓말처럼 되살아난 어떤 시간들이 다시 한번 천천히 빛을 잃어가는 중이었고, 그것은 원래 사라지게 되어 있던 것이었다. 나는 슬펐지만, 지금의 이 슬픔은 어떻게 해도 그때의 우리가 두려운 마음으로 각자 그려보았을 이별의 슬픔에는 미치지 못할 거라는 생각이 들었다.

하지만 어머니를 떠올리고, 시간을 들여 어머니에 대한 감정과 생각들을 정리하고, 그것들을 떠나보내고, 마침내 내가 왜 은유를 온전하게 사랑할 수 없었는지 알게 된 다음에도, 그 모든 일을 찬찬히 돌이켜본 뒤에도, 뻔뻔스럽게도 나는 그저, 그녀의 현재가 궁금했다. 건강할까. 지금 내가 그런 것처럼 큰 불행 없이 무탈하게 나이를 먹어가고 있을까.

살아 있다면 은유 역시 이제 중년의 나이일 것이었다. 그런 걸 불쑥 묻는 게 한심한 짓이라면 꼭 한 번만

한심해져보고 싶었다. 내가 이미 잊힌 지 오래라 해도, 전하지 않으면 안 되는 말이 내게는 있었으니까.

세상은 점점 편리해지고 기이한 방식으로 좁아지고 있어서, 내가 기억하는 번호로 몇 번의 검색을 거치자 그녀의 메일 주소를 알아낼 수 있었다. 하지만 편지를 쓰는 것이 그렇게 어려운 일이리라고는 미처 짐작하지 못했다. 내가 누군가에게 편지를 써본 것은 처음이었는데, 그게 은유에게 쓰는 편지였다.

나는 어머니가 돌아가셨다는 이야기를 쓰고, 그 뒤에 내게 일어난 일들을 순서대로 썼다.

스몰 월드가 있던 자리에 지금은 대형 주차장이 들어섰다고, 그곳의 일들이 이제 원근감을 무시하고 그린 그림처럼 어떤 부분은 선명하고 어떤 부분은 흐릿하게 남아 있다고, 나는 무언가를 그렇게 기억할 수 있는 사람이 되었는데, 그 사실이 기쁘면서도 서운하다고 적었다. 오래전에 그녀가 애정 어린 걱정을 담아 그랬으면 좋겠다고 말한 것처럼, 아마도 그렇게 말해주었기 때문에 내가 야망을 가지려고 노력했고, 요리사가 되었고,

이제는 많지는 않지만 친구라고 부를 만한 사람들도 생겼다고도 적었다.

시간이 오래 걸렸지만 나는 하고 싶은 말들을 하나씩 적었다. 불가능할 거라고 생각했는데, 막상 하나씩 마침표를 찍으면서 적어가다보니 그 문장들은 흔들리지도, 끝없이 갈라지지도 않았다. 다행이라는 생각이 들었다. 그러나 막상 메일을 끝낼 때가 되자 나는 다시금 기분이 이상해졌다.

그 편지를 끝내기 위해서는 나는 이제 너를 조금은 잊은 것 같아,라는 말을 덧붙여야 했는데, 어째선지 그 문장만은 쓸 수가 없었던 것이다.

그래서 그때까지 쓴 것을 모두 지우고 다시 더듬더듬, 이렇게만 써서 보냈다.

'안녕, 나 지율이야. 잘 지내고 있어?

몸은 건강하니? 아픈 곳은 없어?

나를 기억해?'

오지 않을 거라고 생각했던 답장은 일주일쯤 뒤에 왔다. 일을 다 끝내고 설거지를 하다가 문득 생각이 나서 메일함을 확인했더니 거기 은유의 이름이 있었다. 처음의 문장들은 다음과 같았다.

'안녕.
물론이야, 너를 기억해.'
긴 편지였다. 나는 손가락의 물기를 앞치마에 문질러 닦고 주방 벽에 기대서서, 아무도 내 표정을 알아채지 않기를 바라며, 그녀가 보내온 편지를 천천히 읽기 시작했다.

* 소설에 등장하는 인용구들은 모두 〈기억의 천재 푸네스〉(호르헤
루이스 보르헤스,《픽션들》, 민음사, 1994, 173쪽~189쪽)에서 가져
왔습니다. 과잉기억증후군 일반에 대한 정보는 위키피디아(www.
wikipedia.org)를, 실제 사례에 대해서는《모든 것을 기억하는 여
자》(질 프라이스·바트 데이비스, 북하우스, 2009)를, '오브'라는 가
상의 약물을 만드는 데는《기억의 일곱 가지 죄악》(대니얼 L. 샥터,
한승, 2006)을 참조했습니다.

　기억이 많았으면 좋겠다고 종종 소망하곤 했다. 직업
상 기억의 디테일이 부족하다는 것은 치명적인 결함이
라는 생각을 버릴 수 없어서였다. 모든 것을 지금보다
풍부하고 선명하게 기억할 수 있다면 마치 성능 좋은
하드디스크를 새로 단 것처럼 더 많은 일들을 할 수 있
을 거라 믿었다. 그런데 막상 기억이 너무 많은 주인공
을 만들어놓고 보니 좀 다른 생각을 하게 됐다. 내가 모
든 것을 하나도 남김없이 기억할 수 있었다면, 나는 순
간순간 내가 만나는 세계 그 자체를 나의 전부로 받아

들였겠지만, 그것을 해석하고 거기에 특정한 인상을 부여하거나 내 삶에서 어떤 이야기를 만들어낼 수는 없었을 것이다. 한 문명의 크기만큼이나 거대한 경험의 창고를 지니고 있었겠지만 정작 그것을 경험한 나 자신이 누구인지는 알 수 없었을 것이다. 나는 무언가를 잊어버리고, 또 다른 무언가를 기억하기로 선택하고, 편향된 의견을 지니고, 망각 때문에 가능했던 (아마도 종종 공정하지 않았을) 가치평가 작업을 끊임없이 반복 수행했기 때문에 지금의 내가 될 수 있었다.

이 이야기를 쓰는 동안 무력한 개인,이라는 말을 반복적으로 떠올렸다. 스스로를 무력한 개인일 뿐이라고 여기는 사람들, 끊임없이 부조리한 일이 벌어지는 세계에 살면서 거대하고 절박한 윤리적 요구를 받고, 왜 너는 아무것도 하지 않는가,라는 질문을 계속 받지만 대답하지 못하는 사람들을 떠올렸다. 자기 삶의 무게만으로도 매 순간 충분히 위태롭게 휘청거리지만, 자신의 문제가 남들의 그것에 비하면 너무 흔하고 사소하며 '개인적'이라는 수치심 때문에 아무 말도 하지 못하는 수많은 사람들을. 우리가 세계로부터 자꾸만 멀어지는 이유가 다름 아닌 부끄러움 때문이라는 건 슬픈 일이다. 그리고 자신과 세계 사이의 균형을 고민한다는 것은 결코 하찮거나 의미 없는 일이라 할 수 없다. 그들에게 굳이 이런 말들을 해주고 싶어서 이 이야기를 쓴 건 아니다. 하지만 나는 지금도 그들이 떠오른다. 아마도 나 역시 그들 중 한 명이어서일 것이다.

부끄러운 글이긴 하지만, 내가 이 글을 쓸 수 있게 해준 DK와 시엘에게 어떤 식으로든 감사의 말을 전하고 싶다. 지금 내 곁의 당신들이 내 하루하루의 기억을 이루는 가장 크고 소중한 사람들이므로.

2015년 6월
윤이형

개인적 기억

1판 1쇄 발행 2015년 6월 29일
1판 2쇄 발행 2016년 1월 29일
개정 1판 1쇄 발행 2023년 4월 26일

지은이 · 윤이형
펴낸이 · 주연선

(주)은행나무

04035 서울특별시 마포구 양화로11길 54
전화 · 02)3143-0651~3 | 팩스 · 02)3143-0654
신고번호 · 제 1997—000168호(1997. 12. 12)
www.ehbook.co.kr
ehbook@ehbook.co.kr

ISBN 979-11-6737-288-8 (03810)